U0672581

候鸟集

海南诗叙

HOUNIAO JI

董之海／著

中国言实出版社

图书在版编目（CIP）数据

候鸟集·海南诗叙 / 董之海著. -- 北京：中国言
实出版社，2018.5
ISBN 978-7-5171-2725-3

Ⅰ.①候… Ⅱ.①董… Ⅲ.①诗集－中国－当代
Ⅳ.①I227

中国版本图书馆 CIP 数据核字（2018）第 062942 号

出 版 人：王昕朋
总 监 制：朱艳华
责任编辑：张　强
出版统筹：冯素丽
责任印制：佟贵兆
封面设计：杰瑞设计

出版发行　　中国言实出版社
　　　　　地　　址：北京市朝阳区北苑路 180 号加利大厦 5 号楼 105 室
　　　　　邮　　编：100101
　　　　　编辑部：北京市海淀区北太平庄路甲 1 号
　　　　　邮　　编：100088
　　　　　电　　话：64924853（总编室）　64924716（发行部）
　　　　　网　　址：www.zgyscbs.cn
　　　　　E-mail：zgyscbs@263.net
经　　销　　新华书店
印　　刷　　北京九州迅驰传媒文化有限公司
版　　次　　2018 年 5 月第 1 版　　2018 年 8 月第 2 次印刷
规　　格　　710 毫米 ×1000 毫米　1/32　9.75 印张
字　　数　　234 千字
定　　价　　32.00 元　　ISBN 978-7-5171-2725-3

文到此描臻化境
韵誉芬芳不乃其宗

董之海诗会朱出版
裴庠垫贺

候鸟集

HOUNIAO JI

海南诗叙

序言

　　退休前，我所从事的工作，可以说与文学创造根本扯不上边。退休后，每年冬季到海南候居一段时间。2013 年 3 月份回北京之前，几日细雨绵霏，出门不便，为驱遣闲暇，偶然冲动，开始走上了学习作诗之路。虽然连一本有关诗词创作的基本知识的书籍都没有阅读过，但从那时起，几乎没有停过手，硬是不知深浅地一个劲地往前莽奔。

　　常言说，好记性不如烂笔头。如今，手机更是如虎添翼。无需笔墨纸张，不苛求光亮，无需桌椅，坐、立、行、卧均可，

序言

随时随地，不浪费时光。也就是说，不管乘车还是散步，逛街还是游览，均可见缝插针，利用它记录下所见所闻、所思所想。总之，只要你手脑不想休息，它就可以随时为你提供服务。

如果说在手机上写东西有一种畅快愉悦之感受的话，那么整理修改，抄写手稿，查阅资料，酌定注释，输入编排等后续工作，则需要花费更多的时间与精力，且更辛劳。

本人纯属土生野长型，无师真传，没有学过诗词创作知识，也不属于"熟读唐诗三百首，不会作诗也会吟"的那种，所写诗作甚至无法界定是诗还是顺口溜，因此，不敢妄谈思想性和艺术性，更不要说雅境与哲理了。严格来说，只是凭着自己的那点激情，想利用这种形式来表达某些自认为该留下笔墨的悦情景趣之事而已。

自入"道"以来，所写诗作尚未在任何平面媒体、网络、论坛、微博上发表过，也未曾请高人"开光"，绝对是第一次"见公婆"。

叙说这些情况，并非自毁自薄，更非欲博取什么，只是想告诉大家一个与诗之间真实的自我。为什么又如此胆大妄为地"晒"出来呢？之所以结集付梓，是因为心中有一种冲动，想总结一下作诗之路的心得，或可得以慰藉、激励自己，故而专门将 2013 年 3 月至 2017 年 4 月期间所写的与在海南候居有关的诗及感赋收录成册，为了突出"海南"，取名《候鸟集·海南诗叙》。本人怀着十分谦卑的心境，敬请大家品鉴与指正。恳请最好不要用专业人士的标准和要求来阅读，建议就像在海南沙滩上发呆亭下，轻松愉快地消遣时光好了。

海南风光旖旎，魅力四射，到处美景，处处醉人，只要静下心来，定会得到无尽享受。尤其对于"北方候鸟"来说，特别在北国冰封、万里雪飘、万木萧寂之时，到了"面朝大海，春暖花开"的海南，一切倍感新奇。阳光、沙滩、大海、椰林、青山、田畇，还有乡情、民风、美味……当然，海南还有不少地方未曾游历，要说遗憾，就是本集子内容未涉及的，只盼有机会再尽力弥补了。

由于集子中所写的都是与在海南候居有关的内容，又多与山

序言

水有关，出版后，但愿能对于海南旅游事业的发展有所助益。

感谢夫人李艳军、女儿董雯和女婿王晓平，有他们的支持与鼓励本书才得以付梓。

集子的出版得到了同窗陈双厚教授的鼓励，并应邀题词，谨致谢忱。

集子在编辑过程中，得到了中国言实出版社相关同志的热情指导与帮助，在此表示诚挚的谢意。

董之海

2017 年 7 月 17 日于北京西三旗

2017 年 12 月 30 日修于海南清水湾蔚蓝星宸

目录

椰风海韵山水篇

目录

目录

目录

目录

目录

目录

目录

目录

椰风海韵
山水篇

YEFENGHAIYUN
SHANSHUIPIAN

游铜鼓岭①

时雾时雨时晴天，

气象莫测瞬息变。

风吹石动②人徜徉，

俯瞰妩媚月亮湾。

塔架高耸拔地起，

嫦娥奔月③指日间。

奇岩怪石任浪缠，

龟首仙岑第一山。

2013年3月22日于北京西三旗

---

① 铜鼓岭，位于文昌市龙楼镇，是海南的最东北角，素有"琼东第一峰"
之美称。

② 风吹石动，岭顶观景台有一巨石，风吹能动，摇而不倒。

③ 指正在建设中的文昌航天发射中心。

海之南

龟①首东北尾西南，

独浮南溟亿万年。

鲧窃息壤化海龟，

地坼漂移做瀛仙。

荒蛮僻隅无奈去，

历代王朝谪贬迁。

时世沧桑谁能料，

今昔颠覆两重天。

2013年3月23日于北京西三旗

---

① 龟，同《冲天笑》①。

冲天笑

磐居金龟①顶，五指②冲天笑。

雨林山壑覆，烟峰岚霭罩。

日出笼雾开，叠嶂剑出鞘。

山绵阻风寒，峰列眺溟涛。

群山涵沃水，川源润琼岛。

清溪潺细语，驿路萦回绕。

植茂物种繁，鸟欢花竞俏。

隐逸此山中，静心宜逍遥。

2013年3月30日于北京西三旗

---

① 金龟，比喻海南岛浮游在海上的一只金龟。
② 五指，指五指山。

鳌头二首

一

琼海无穷博鳌浦，

玉渚①遍地黄金铺。

万泉龙滚九曲聚，

三江②汇流集财富。

望海纳川绝佳地，

风光旖旎喜惊殊。

四海智者献鸿猷，

广纳博采谋世福。

---

① 玉渚，指玉带滩。

② 三江，指石泉河、龙湾河和九曲江。

二

今日琼海汉玳瑁，

河海未改岛新貌。

内流外涌黄金波，

涛潆浪礴财富滔。

三岛①相守护鳌头，

圣公②巍屹镇涛飚。

疑似步入海蜃境，

恍若置身九天瑶。

2013年3月27日于北京西三旗

---

① 三岛，东屿岛，沙坡岛鸳鸯岛相峙互望。

② 圣公，即圣公石，屹立于玉带滩外不远处海中一个由多块黑色巨石组成的岸礁。

博鳌二首

一

玉带横亘分江海，

独境特景自天外。

淡咸静动内外殊，

漪涟泷涛两世界。

东屿沙坡鸳鸯岛，

三渚鼎峙慕娇态。

瀛澥浩淼望无垠，

涛澜汹欻①笑霅来。

---

① 汹欻，形容声音喧而迅疾。元·刘诜《陈所翁子雷岩画龙》："轩雷怒涛声汹欻，箧笥夜光亚春吐。"

二

砾石玉带厮守恋，

任凭浪打不离散。

风吹波涌浪花绻^①，

圣公笑迎涛吻面。

渔船织梭正扬帆，

鸥鹭空旋舞翩跹。

岛撑绿伞游人逸，

貌似心醉身觉仙。

2013年3月21日于北京西三旗

---

① 绻，意为情意缠绵，感情好得离不开。此指虽然浪花飞扬，但总归在一起。

铜鼓岭三首

一　山

飞岑魁拔耸天霄，

丘峦绵亘众首翘。

路萦蛇缠十八盘，

崭壁悬崖鸟不邀。

翁矛苍郁古木覆，

岚翠掩容姿难晓。

风吹石动摆曳姿，

神武守兵①钢铸雕。

---

① 神武守兵，指海军边防哨兵。

二　天

喜怒悲欢孩童脸，

雾雨阴晴瞬息变。

细濛霏微临风瑟，

隔峡眺陆①两不见。

岚岫烟笼姿晦涩，

云霭泽洞身游仙。

太公拨云露笑颜，

瀚海碧空目蔚蓝。

---

① 隔峡眺陆，峡，指琼州海峡；陆，大陆。

三　景

七星①瀛洲穷目远，

翡翠项链垂胸前。

波峰泛银千层浪，

玉带曼妙月亮湾。

奇礁怪岩卧满滩，

雷公化羊成石仙。

椰海青波掩烟舍，

井塘畇田嵌陌阡。

奇甸旖旎天厚赐，

凡人入境也神仙。

2013年3月30日于北京西三旗

---

①　七星，指文昌市东部海上由七岛组成的列岛，称七洲列岛，又称七洲峙。

日月湾^①二首

一

左顾石梅^②右盼娇，

半月漪湾青山抱。

盘古劈石遗掌迹，

"天掌""地九"^③海门笑。

晨启迎旭过千帆，

夜锁皓月聆海谣。

"日居月诸"斯永驻，

方晓昼夜同辉照。

---

① 日月湾，位于海南万宁市。

② 石梅，指石梅湾。

③ "天掌""地九"，谐音为"天长地久"，源自盘古开天辟地的传说。

二

碧海银滩椰风徐，

翁山幽处临青溪。

浪吻沙滩浪逐浪，

浪吞岩石吐花玑。

怪礁奇岩相各异，

讬喻形貌君赋意。

潮汐淹晒滩岩翠，

谁家青蔬①种礁石？

2013年4月1日于北京西三旗

候鸟集
HOUNIAO JI
海南诗叙

---

① 青蔬，泛指蔬菜，此指海白菜。

海南第一楼感怀二首

数度登拜海南第一楼^①，瞻仰五公史迹，崇敬品德正气，每有感慨。

一

唐宋五贤贬琼州，

后人敬奉第一楼。

怀志端屹眉凝思，

矢忠报国志未酬。

唯国忘身任奸摧，

谪居心痴为民忧。

品德风节见忠魂，

乾坤正气斯阁稠^②。

---

① 海南第一楼，即"五公祠"，位于海口市区。

② 指在此楼阁里正气浓厚。

二

奸诈阴术历代行，

权谋曲迎时得逞。

偏安昏君厚谗言，

刚正孤忠谪荒溟。

贯看盛世唐宋史，

正邪忠奸时欠公[①]。

琼人溯源惜今朝，

千秋浩气励后弘。

2014年1月1月于海南文昌天海紫贝

---

① 意为再贤德的帝王，对下臣的判别任用也有不公允的时候。

苏公祠[①]景寓

指凿金浮双粟盈，

造福桑梓观稼亭。

兴教明道学圃堂，

精舍研习琼庠生。

咫尺疁发味甘冽，

众汲挹注哜诗颂。

清口湔心除烦念，

杂尘飞遁身轻松。

2014年1月7日于文昌天海紫贝

---

① 苏公祠，明万历四十五年（1617）为纪念宋代大文豪苏东坡而建，位于
五公祠东侧。

参观宋氏祖居有感

琼东昌洒古路园，

显赫宋氏祖居①源。

父随中山同盟志，

"二后一相"近代鲜。

四大家族联姻三，

势威影华世纪年。

政歧途殊扬镳行，

是非泾渭史明鉴。

2014年1月9日于文昌天海紫贝

---

① 宋氏祖居，位于海南文昌市昌洒镇古路园村。

八门湾红树林①

八水入湾汇清澜，

碧海浮翠齐腰淹。

潮起丘绿潮落滩，

红树林荫萦栈悬。

根畸干曲枝叶茂，

附生龙藤蛇蔓缠。

船行隧涵鹭伴飞，

椰曳烟袅渔家恬。

2014年1月9日于文昌天海紫贝

---

① 八门湾红树林，位于海南文昌市文昌河，文教河等八条大小河流入清澜港北侧汇合处。

八门湾红树林再赋

神龟颈部八门湾，

众树成林拒狂澜。

身卷枝虬臂交挽，

"鸡笼罩"根遍涂滩。

观鸟垂钓捉虾蟹，

望湾阅漪赏椰烟。

闲步骑览悬栈行，

憩饮椰汁尝海鲜。

2014年1月11日于文昌

海瑞刚峰誉

参观海瑞故居①感怀

平冤惩贪拒豪权，

背纤除害自罢官。

备棺犯颜直疏谏，

诏狱谤挤隐琼山。

无私鄙谄喻"刚峰"，

苦节自厉堪典范。

清风来去江涛祭，

刚正峰锐"海青天"。

2014年1月15日于海南文昌天海紫贝

---

① 海瑞故居，位于海口市琼山区府城街道红成湖路。

石头公园①游记二首

一　真海观

天际涛涌势压山，

潮气殷雷击崖岩。

腾空银花撒玑珠，

龙龟鲨鲸嬉欢然。

岩泊倒映絮蓝天，

苍穹粼波沧海卷。

海魂海魄梦觅处，

海韵海魅醉观澜。

2014年1月16日于海南文昌天海紫贝

候鸟集
海南诗叙
HOUNIAO JI

————————————

① 石头公园，位于海南文昌市龙楼镇海滨。

二 石肖园

赏石"畅神"，寓物"弘德"，抒发性灵，天人相际。

潮汐神工琢石岩，

蛇蟒狮虎磐崖岸。

海龟伏波驼叹路，

天鹅戏水鸽孵卵。

恐龙古猿仰鹏展，

润石肖岩屹海滩。

奇姿怪相竞添色，

"飞醉唐洪"石景园。

2014年1月17日于海南文昌天海紫贝

神州半岛^①游记五首

一 岛貌

北隔秀海望青峦，

南濒瀚瀛观涛澜。

东陆西口衔内海，

石公峭然守门关。

六岭逶迤形覆釜，

俯卧起伏巨龙盘。

头探大洋身在陆，

今朝半岛渐变颜。

2014年1月17日于文昌天海紫贝

---

① 神州半岛，位于海南万宁市东澳镇。

二 秀海

港湾曲滢紟水连，

渔帆穿梭舻织缎。

鱼著花裳逐波舞，

乘浪比目嬉戏翩。

岸椰婀娜袅烟冉，

舟归帆落灯万盏。

波坠繁星若天河，

烟笼幽境景生幻。

2014年1月18日于文昌天海紫贝

三　龙头石

龙首探海洞浪衔，

石门砥柱插云天。

刀削双峰人莫及，

鹰翔鹭舞燕歌婉。

吞进波涛轰雷远，

吐出浪花碎礁岩。

退尽千堆雪消融，

溯洄反扑浪更酣。

2014年1月19日于文昌天海紫贝

四　石岛浮海

潮起浮海独峥角，

潮落连陆现真貌。

三角石岛勇士姿，

骇浪飚涛岿不摇。

龟石钓台形奇巧，

远望近观酷生肖。

高屹数丈立雄鸡，

面朝大海报天晓。

2014年1月20日于文昌天海紫贝

五　湾涟海韵

湾涟海韵：五湾牵连，紒水如镰。背倚黛山，六岭龙盘。沙滩如雪，宽阔长绵。湾水沃深，渔帆梭繁。徒峭石壁，形如斧砍。刀峰形镰，刃伸蔚蓝。浪扑锋刃，雪花翻卷。内海秀媚，波柔漪涟。渔场良港，夜灯万盏。岸椰婆娑，翠舞蓝天。

黛山拥港面海湾，

五月①牵连携银滩。

徒壁刃石迎风浪，

碧波山翠绘画卷。

霓花千叠逐浪欢，

粼波银涛铺锦澜。

远烟宏深天苍茫，

绝目难辨海穹缘。

2014年1月23日于文昌天海紫贝

---

① 指神州半岛的五个海湾，为新月牵连环绕。

高隆湾^①海滩花园

臂抱月湾天海蓝，

银滩细沙浪柔绵。

栈桥仙路海蜃阁，

椰影漪波风情眼。

岸翠花容入瑶池，

喷泉空洒落清潭。

锦鳞竞跃逐浮饵，

凭栏逗赏两相欢。

2014年1月24日于文昌天海紫贝

---

① 高隆湾，位于海南文昌市新区，是海南著名旅游风景区之一。

诗画石梅湾①二首

一

"石姆""青梅"②名蕴谜，

面瀛山领左右溪。

稀世青林揽双月③，

各端滋峰探海屹。

俯赏湾心铸"金锭"④，

银沙碧波清浪戏。

山海林溪独佳境，

奢求唯美梦笑泣。

2014年1月27日于文昌天海紫贝

① 石梅湾，位于海南万宁市兴隆华侨农场南部。

② "石姆""青梅"，海南话中的"鸟石姆"（黑石头）和青梅（青皮（树））。
石梅即源自此。

③ 双月，石梅湾由两个新月湾组成。

④ "金锭"，湾心有一岛，叫加井岛，地形地貌犹如"金锭"。

二

晨旭海际喷红天，

夕晖天涯洒金澜。

仰望青山邈苍穹，

远瞰碧海遥蔚蓝。

海风林语绵吟诵，

画境诗韵石梅湾。

非诚①难享天堂谧，

勿扰①斯境续情缘。

2014年1月27日于文昌天海紫贝

---

① 非诚、勿扰，电影《非诚勿扰2》在此拍摄，故此借用。

月亮湾①

海天一色无尘瑕，

夜天昼海挂月牙。

钩月银弓潮波光，

瀚海苍烟穹云霞。

浪花千堆洁絮悠，

翠带银滩月晕佳。

湾月情亲蟾宫寒，

嫦娥②或思择新家？

2014年2月1日于文昌天海紫贝

① 月亮湾，位于海南文昌市龙楼镇铜鼓岭脚下。

② 嫦娥，借喻文昌航天发射基地在此附近。

月亮湾再赋

皎钩新月落海畔，

弓满银波浪衔天。

岸披翠带半月晕，

瀚蓝形釜穹苍缘。

巨涛排山压顶势，

近身轻拂温柔棉。

光洒锦缎霓花欢，

浪洗沙磨琢玉镰。

2014年2月2日于文昌天海紫贝

心虔践行·福海寿山

——游南山文化苑

观音愿居南海畔，

踏波踩莲三尊颜。

眺望蓬莱境缥缈，

烟波轻舟萦仙山。

禅乐缭弥云水潺，

清虚悠逸韵缠绵。

神静虔行悟禅意，

福寿随缘践仁善。

2014年2月8日上午于海南三亚南山文化苑

棋子湾①游记三首

一　仙人对弈

仙人博弈势非凡，

布阵滩涂海棋盘。

巨篮子满挥洒尽，

水涤瑊玏七彩斓。

浪花腾飞逸气眼，

天观涛助战犹酣。

酬民造福弃封盘，

遗世奇境降狂澜。

2014年2月9日上午于海南昌江棋子湾

---

① 棋子湾，位于海南昌江县昌化镇北3公里。

二　岸滩砆相

黄帝祭海鉴真禅，

风帆远航菩萨观。

鸳鸯伴侣情火焰，

八戒背媳望郎滩。

神龟探海仙足迹，

恐龙磐卧鳄生卵。

虎狼豺豹聚岩岸，

奇禽怪兽众嚣喧。

望海观弈嬉无度，

尽享逍遥噱海天。

2014年2月9日上午于海南昌江棋子湾

三 海澜湾漪

怪石剑锷峰林奇，

嶙峋天琢翁皱襞。

巨轮逐浪足瀛远，

屹石临风望天姿。

海澜沄涌滔天浪，

倾扑高岩排空势。

湾内静柔波涟漪，

天荒始境待世识。

2014年2月9日上午于海南昌江棋子湾

木棉花·九架木棉道小憩

硕丽妍华燃火焰，

丹霞蔽日染半天。

幽香淡雅逸风至，

落英纷陈展嫣然。

傲骨血色英雄花，

豪气飘然辞尘寰。

凭临远野衬青峦，

阳春林海赏木棉。

2014年2月9日于昌江到鹦哥岭途中九架木棉道小憩

玄览鹦哥岭①

玄览鹦哥隐霭岚，

偶露姿颜空巉岩。

貌肖翘首叹旭日，

躯隔一水五指山。

植蔼种繁行鸟兽，

身披翠羽藏灵源。

风雨冷暖气象阀，

南阻北拦岛安然。

2014年2月9日下午于白沙县鹦哥岭自然保护区管理站

---

① 鹦哥岭，自然保护区位于海南中南部，地跨白沙、琼中、五指山、乐东、
昌江五市县。

游五指山热带雨林

五指插云神龟巅，

涵养育琼三水①源。

栈径萦纡穿幽涧，

深处林弇日色闲。

众芳百媚竞妍艳，

殊异珍木争奇观。

峰回清溪静潺湲，

路转顽童嬉素湍。

西山暮霞疏影斜，

东坡黎家袅炊烟。

2014年2月9日晚于五指山市德莱福大酒店

候鸟集

HOU NIAO JI

海南诗叙

---

① 三水源，五指山是海南岛万泉河、昌化江和南圣河三大河流的发源地。

自驾一路海之南二首

一 八景印象

半岛①忘情逐浪欢,

石梅品鉴山海赝。

香水②听涛沄轩涌,

南山人潮忙礼瞻。

棋子湾③畔享奇观,

木棉九道赏花艳。

雨林④日夕诱玄幻,

冯家湾风刀雨剑⑤。

2014年2月7日至10日环岛自驾游后于文昌天海紫贝

---

① 半岛、石梅,即位于万宁市的神半岛和石梅湾。

② 香水,位于陵水县的香水湾;南山,三亚市的南山文化苑。

③ 棋子湾,位于昌江县;木棉九道,位于白沙县。

④ 雨林,即五指山市热带雨林;冯家湾,位于文昌市。

⑤ 风刀雨剑,指游玩时正赶上风雨大作。

二　潜翠醉怡

驱车潜翠海之南，

环岛东西腹中穿。

碧海银滩绕缎带，

荫翳覆釜闳蓝天。

鹦哥①五指②绿涛连，

木棉火红山花妍。

峰崖飞瀑挂素练，

一路醉怡做游仙。

2014年2月7日至10日环岛自驾游后于文昌天海紫贝

①　鹦哥，指鹦哥岭自然保护区，地跨白沙、琼中、五指山、乐东、昌江
五市县。

②　五指，指五指山。

游天涯海角感怀二首

一

磐石突兀南溟畔，

弥望微茫起瀚烟。

苍穹覆釜缘天际，

天地尽头更邈远。

沧桑琼岛史变迁，

曩昔南荒换人寰。

犹似咫尺闲庭度，

无距无碍须臾间。

2014年2月19日于文昌天海紫贝

二

沧瀛澜涌天作涯，

极目层涛远未达。

望穿天海梦游处，

意想尽头心萦家。

历代先民田园营，

自古诸岛祖宗辖。

黄岩曾母①固疆域，

海角天涯或更佳。

2014年2月19日于文昌天海紫贝

① 黄岩曾母，指黄岩岛和曾母暗沙。

船游八门湾

八字形湾口中含，

凌空虹桥跨喉咽。

叶茂干曲蛇根盘，

椰林红树碧翠涟。

网捕鹰啄渔人乐，

鸥随舟翔鹭列滩。

外澜内漪目集锦，

临风畅游八门湾。

2014年2月22日中午于八门湾游船赋

鹿回头①

海角有穷天涯悠，

绝崖断途鹿回头。

鹿女眸澈容凄艳，

猎郎钟情譞逑耦。

化怨生爱结同心，

神奇姻缘成风流。

世人多情黎民愿，

鹿城②佳话千古讴。

2014年2月23日于文昌天海紫贝

① 鹿回头，位于三亚市西南端鹿回头半岛。
② 鹿城，三亚别称。

游呀诺达①热带雨林二首

一 仙苑名涵

呀诺达言一二三，

呀创诺承达行践。

诚表热情"欢迎你"，

黎语赋意蕴新涵。

根榕藤蕨槟桃苑②，

六景六苑皆成仙。

云霭泽洞锁峰壑，

四溟③集锦堪大观。

2014年2月25日于文昌天海紫贝

---

① 呀诺达热带雨林，位于海南保亭黎族自治县，5A级景区。

② 此句意指由"根苑""榕苑""藤苑""蕨苑""相思苑"和"佛珠苑"组成的"绿苑仙踪"景区。

③ "四溟"，指大海、林海、山海、云海。

二 绞杀如兽

物竞盛衰适者生，

动植规则一脉通。

雨林天书释案例，

一树成林呈兽性。

寄居宿主吸养生，

夺土争光榨躯空。

根盘须缠绞主殁，

自主参天妄称雄。

天下何事易费解，

以怨报德最无情。

2014年2月25日于文昌天海紫贝

游分界洲岛①

牛②瞰蓬岛定坐标，

南北分界名自晓。

吧亭品眺三色波③，

仙舟悠游溶瀛涛。

翡翠嵌溟誉美人，

山清海滟映碧瑶。

沙孵龟仔滨滩逸，

深潜龙宫境更妙。

2014年3月1日于文昌天海紫贝

---

① 分界海岛，位于海南陵水县东线高速牛岭5号出口处，5A级景区。

② 牛，指海南牛岭。

③ 三色波，海水由近及远呈现碧绿、碧蓝、深蓝三色。

登游文笔峰①

仙人贪杯醉定安，

筐土遗此文笔山。

拓荒启教斯文风，

才子贤达甲海南。

归隐修行成正果，

问道南宗白玉蟾。

峰瞰林海溪畛陌，

登临灵境入壶天。

2014年3月9日于文昌天海紫贝

---

① 文笔峰，位于海南定安县雷鸣镇海南文笔峰道家文化苑。

兴隆热带植物园

热植王国百科苑，

稀奇珍特名优全。

果王果后天堂子①，

饮王香王花中冠②。

心果蛋果③酷肖展，

见血封喉④刻骨寒。

瑶草琪葩争娇妍，

养眼学识心释然。

2014年3月11日于文昌天海紫贝

---

① "果王"杧果，"果后"榴莲，"天堂子"胡椒。

② "饮王"咖啡，"香王"香草兰，"花中冠"依兰香及吐鲁香。

③ "心果"人心果，"蛋果"鸡蛋黄果。

④ "见血封喉"，又名箭毒木、剪刀树，世界上最毒植物之一。

文昌椰子大观园游赋二首

一

居邻棕榈大观园，

荫翳潜游隙窥天。

椰树丛育多胞胎，

"地雷"①挂树为哪般？

"恶肿"②垒石满枝干，

热植荟萃众品揽。

每临常新感玮奇，

蓝湖岸亭唠汁甘。

2014年3月16日于文昌天海紫贝

---

① "地雷"，指炮弹果，别称铁西瓜。

② "恶肿"，指波萝蜜。

二

史记椰子通身用，

研究改良价值升。

壳艺棕劲胚药食，

汁液甘冽营养丰。

椰影摇曳婆娑风，

婀娜妩媚多姿情。

洒尽风流遗余韵，

琼岛旖旎椰林中。

2014年3月16日于文昌天海紫贝

百莱玛度假村游记

东郊椰林遐尔闻，

皇后[①]伫眙笑迎宾。

木墅错落林隙悬，

曲径漫步疏影金。

吊床悠荡潜绿浪，

拾贝戏水游湾滨。

亭憩饮椰沐煦风，

晚唱归舟浮月银。

2014年3月17日于文昌天海紫贝

---

① 皇后，度假村大门处一组三女子雕像，基座名"椰林皇后"。

登东山岭①二首

一

飞来石②作"红楼"标，

神姿仙态世人晓。

放眼石界观大千，

一泓镜湖映凌霄。

巅眺旷野舞江练，

蜿蜒绕岭碧龙蛟。

般若脱缆欲远行，

逢雨众岫琵琶啸。

2014年3月23日于游东山岭有感而赋

---

① 东山岭，位海南万宁市东2公里处。

② 飞来石，87年版电视剧《红楼梦》片头"飞来石"，在此拍摄。

二

儒巾奇妍戴山巅，

霞云腾飞盖紫冠。

仙人鹤去遗丹灶，

瀚海畇田袅青烟。

载史蕴情笔架山，

岩诗壁词寂抒缅。

海外桃源今人织，

咏怀千古山海间。

2014年3月23日于游东山岭有感而赋

诗画难抒·再游月亮湾

湄滩若练形弓镰,

细软皎洁钩月婉。

岸铺蕶林晕色浓,

万顷雪花云絮棉。

天赐胜境匿秘地,

诗画难抒美轮奂。

世人纷至月亮湾,

嫦娥新居①毗邻安。

2014年3月22日于文昌天海紫贝

---

① 嫦娥新居,指海南文昌航天发射基地。

观生肖石·再游石头公园

磐石屹海畔，岬角"生肖岩"。

天赐神工雕，海琢亿万年。

众生聚屼石，异位千面观。

狮吼骆驼饮，虎啸猴望天。

龟伏鹅戏水，熊蹲鲲鹏展。

诸生貌神肖，"飞醉唐洪"①苑。

2014年3月25日于文昌天海紫贝

① 飞醉唐洪，大自然造就的飞醉唐洪的海洋石头动物公园，经千万年浪击风蚀，形成神似貌真的自然海滨雕像世界。

再游铜鼓岭·铜鼓岭揽胜

登岭琼东铜鼓巅，

遐瞻七星①迎旭冉。

渔帆悠弋群鸥翔，

水天相融色湛蓝。

左赏娇媚月亮湾，

氤氲柔纱羞月妍。

右望奇石动物苑，

神态宛肖嬉龙湾。

回首塔耸②插云霄，

嫦娥奔月欲游酣。

俯瞰椰海婆娑舞，

痴醉陌塘翠畇田。

---

① 七星，指海南文昌市东部海面上的七洲列岛，由七个岛群组成，自古名列文昌八景之一，又称"七洲峙"。

② 塔耸，指文昌航天发射中心的发射塔。

纵横环顾山海天，

似锦画卷犇萃眼。

独处奢享绝佳境，

巅峰揽胜做瀛仙。

2014年3月25日于文昌天海紫贝

白鹭湖①·白鹭天堂

岛雪滩银湖白莲，

岸树冠满绽玉兰。

静憩比肩织素缎，

暖春何来降霜寒？

晨曦悠翔觅食去，

日夕翩跹归休还。

蓝泽丰赡境宜生，

逍遥栖居鹭乐园。

2014年3月25日于文昌天海紫贝

---

① 白鹭湖，位于海南文昌市东路镇，犹如森林公园，白鹭王国。

神鳌^①梵天

梵天静土，梵音萦绕，天缘来去，心灵震撼，

馨香沁心，清风醒脑，久弥心海，挥之不离。

天降浪接海上屹，

踩波踏莲洗尘世。

一体三尊珠箧莲^②，

慈怀苍生度厄域。

净土梵天境空灵，

涛涤乐拂心纤弃。

花雨潮音聆天籁，

心随馀馥彼岸及。

2014年4月4日于文昌天海紫贝

---

① 神鳌，指三亚市南山，因其形酷似传说中的神鳌，故又称鳌山。

② 珠箧莲，指一体三尊观音，分别手持念珠、携箧、持莲。

蛋家①渔排奇观

凌空横渡山海间，

凭临渔排浮水莲。

庭院井然市有序，

蹦踏互牵波漪涟。

蛋祖漂迁源闽粤，

水生舟居难登岸。

风俗习性衰传衍，

时移境迁宜适变。

2014年4月8日于游南山猴岛蛋家渔排后返文昌动车上

---

① 蛋家，这是一个特殊的群体，起源无从考证，在海南陵水已有500多年历史，祖先多来自广东、福建，打渔为生，舟楫为家，以水为田，居无定所，历史上社会地位低下，至今仍保留其风俗习惯，现已部分上岸。

笑游南湾猴岛①

迎宾仪仗门轩瞻，

众猴怠惰王尊严。

杂耍灵巧捧腹笑，

调皮幽默忍俊难。

驯诫管束时不满，

主令猴违遭嬉侃。

非因艺技高奇绝，

顽童劣性自讨欢。

2014年4月8日于返文昌动车上

---

① 南湾猴岛，位于海南陵水县南部三面环海的半岛上，是世界上唯一的岛屿型狝猴自然保护区。

忾游浪漫天缘①

笑逛猴岛忾游湾，

专车独导我滨滩。

八景②陪伴若浪漫，

山海相邀则天缘。

清水香水③南北牟，

笋楼靓丽倚青山。

望断天际穹邈云，

溟溄旷然近桅帆。

2014年4月8日晚于文昌天海紫贝

---

① 浪漫天缘，是位于海南陵水县南湾半岛南端的一个海滨景区。

② 八景，指景区内八个景点。

③ 清水香水，指该景区两侧的两个海湾，即清水湾和香水湾。

游兴隆热带花园

慕名辗转赏花园，

林寻径觅未如愿。

少见幽兰闷攀树，

多怪睡莲午酣眠。

难找珍卉含葩笑，

喜得苏铁槌花鲜。

芳树琦①植拓眼界，

别味索趣情盎然。

2014年4月16日于文昌天海紫贝

---

① 意指珍奇、不平常的植物。

吟亚龙湾二首

一

岛湾亚龙摘桂冠，

美誉无愧当嘉冕。

青嶂神秀舒演迤，

漪澜澄澹练银滩。

遐瞻泛蓝势潢漾，

潮波泆溁弘舸远。

近赏珍贝名蝶翩，

仰观溟鸿鸥矫翰。

图腾蕴古帆存志，

龙跃亚洲腾瀛寰。

2014年4月17日于文昌天海紫贝

二

琊琅^①月湾海之南，

山海天融滢碧蓝。

渊蕴五彩童话界，

岑岭瑰琦绝尘寰。

海天倒置天堂坠，

方壶瀛洲蓬莱现。

仰望星辰邈思幻，

畅享瑶境觅何湾。

2014年4月17日于文昌天海紫贝

---

① 琊琅，亚龙湾古称"琊琅湾"，后称"牙龙湾"。琊琅出自本地黎语，琊
或琅意为白玉，形容沙子洁白如玉。

忆登游铜鼓岭 · 窥瞰月亮湾

登岭近顶仁岩观，

愕见娇媚月亮湾。

眺摄晴镜人景融，

揽月何必飞霄汉。

巅坪旷达望海天，

气象瞬变绘画卷。

纱絮缥缈隙窥捕[1]，

踏云瞰月成真仙。

2014年7月1日于北京西三旗

---

[1] 意为从瞬息万变的云雾缝隙之中捕捉出月亮湾的美景。

抱虎岭^①

苍岑峥峰屹海畔，

骑腰抱颈孤云天。

首岌势磅接旭日，

尾崒峻奇临急澜。

鹰飞伏坠慑胆魄，

凌空降虎雄姿展。

涧溪潺泉声不闲，

果卉冠荫驻满山。

2014年7月5日于北京西三旗

---

① 抱虎岭，位于海南文昌翁田镇滨海区。

海判南天①

孤石迎浪屹"海判"，

伟拔高耸撑"南天"。

游人入境醉景观，

墨客搜肠究其缘。

研析释疑字何"判"，

剖石雕迹意海天。

冬至午阳"判"纬度，

标石密码解自然。

2014年7月16日于北京西三旗

---

① 海判南天，三亚市天涯海角景区内景点之一。"海判南天"极具文学色
彩，其三字易懂，"判"字难明。经研究，2013年3月23日确认，这是著名的《皇
舆全览图》中的纬度标。剖开面指示冬至正午太阳高度，石面指示北极高度，
"海判南天"北极高度为18度13分，每年冬至正午太阳高度与石面重合。

南天一柱①

锥石兀耸指穹汉，

孤柱拔地擎南天。

正观哲颅侧峭帆，

瞻海邃思谋桅远。

持币②扉图海柱天，

财富潮涌纳百川。

镇涛定海阳刚势，

触天接浪地维磐。

2014年7月18日 于北京西三旗

① 南天一柱，三亚天涯海角景区景点之一。

② 持币，指第四版2元人民币背面图案就是"南天一柱"，即"财富石"。

海口骑楼老街

国弱民瘠南洋飘，

契工求生血泪浇。

异域勤搏衣锦归，

别样骑楼比肩靠。

美观宜居廊柱连，

合璧益彰多元貌。

商铺毗邻霓彩闪，

历史名街添娇娆。

2014年8月25日于北京

环球码头·清澜港①

喉咽②渔港口气大，

"环球码头"妄自夸。

助力"嫦娥"飞天梦，

装物载情送三沙。

云樯旌旆千帆扬，

笛鸣浩荡南溟发。

勤耕拓澜奋迈进，

跨海越洋定畅达。

2014年10月14日凌晨于西三旗

----

① 清澜港位于海南文昌市东南部，国家一级开放口岸，三沙补给基地，航天发射中心中转枢纽，海南第二大渔港。大门口赫然四个大字"环球码头"。

② 喉咽，建港已有600多年历史，有"文昌之咽喉"美称。

东郊椰林①

东郊著名在椰林，

瀛涛椰浪连无垠。

邈穹舞云天作画，

悠波嬉浪海铺锦。

横影竖倩斜添幻，

自乱即序景成韵。

头摇空曳弄风情，

发逸飘洒戏路云。

2015年3月2日于天海紫贝

---

① 东郊椰林，2000 年成为《滨海风光》邮票主画，素有"东郊椰子半文昌"
之誉。

白鹭湖^①垂钓

斜阳归栖落絮云，

余霞翔集满目银。

饵下钩上悬锦鳞，

笑语难抑喜垂纶。

惊鹭急遽遁林薮，

愧喧遂初复平心。

意欲尚虑他之受，

世事同理置己身。

2015年3月2日下午于天海紫贝

候鸟集
HOUNIAO JI
海南诗叙

---

① 白鹭湖，位于海南文昌市东路镇西南。

参观张云逸纪念馆

海南人杰有英魂，

正气浩然风范存。

卓著功勋携雄风，

深谋远略为国民。

武德英豪军楷模，

党性忠诚照乾坤。

终生革命风采灿，

传承精神励后人。

2015年3月4日上午于参观张云逸纪念馆有感而作

海底村庄①

震灾地陷村吞噬，

三百余载睡海底。

阡陌纵横古耕田，

七十二庄百余里。

栈桥浮水船上行，

潮退依稀见墟址。

垂降沉海史罕见，

猎奇解疑探古遗。

2015年3月7日上午于游览海底村庄

---

① 海底村庄，位于海口市美兰区演丰镇东寨港红树林旅游区南300米，是中国迄今发现的唯一的因地震导致陆地陷落成海的古文化遗址。

溪北书院①

两进高堂授正经，

崇真黜伪剔浮风。

抉材植儒育浩气，

树人化境教兴琼。

朝更事逝留空凄，

古榄疏影守寂厅。

遗迹今荒思何用？

承贤启后待践行。

2015年3月7日上午于参观"文北中学"

---

① 溪北书院，位于海南文昌市铺前镇，是海南清末著名书院之一。

铺前镇

琼北古镇风情浓，

粉墙斑驳鉴史悠。

商埠繁华聚商贾，

出洋通贸启帆舟。

泪拼异国积财富，

叶落故里筑骑楼。

邃道清幽静思远，

彩虹跨海①程锦绣。

2015年3月7日上午于游览铺前镇老街

---

① 彩虹跨海，指建设中的铺前—海口跨海大桥。

木兰湾①（海南角·木兰灯塔）

溟陬角头木兰湾，

七月②孤连淼蔚蓝。

灯耀方圆数十里，

塔耸百米亚洲冠。

巨石千姿拜潮汐，

浑嶙错落卧银滩。

鲸涛③扬花撒玑珠，

高瞻灏溔④胸自宽。

2015年3月7日下午于游览木兰湾

---

① 木兰湾，位于海南文昌市铺前镇滨海，有"海南角"之称。

② 七月，指七个具有独立性的月牙形沙滩。

③ 鲸涛，惊涛、巨浪。

④ 灏溔，水无际貌，指大水。

登游七星岭①二首（斗柄塔）

一　地貌星河

众峰独兀貌应穹，

塔耸拔迥宛斗柄。

平湖九渊酷圆月，

七星伴月银河境。

坤舆邈廓天宇相，

天境地造落琼东。

踏星握柄俯水月，

畅驰②梦游碧云中。

2015年3月7月中午于游览七星岭

---

① 七星岭，位于海南文昌市铺前镇东北，濒海，地貌七峰孤高，似"七夕星斗"。

② 畅驰，指畅快自驾行驶于各峰之间。

二　远眺近观

目断雷州峡空濛，

玄览旷野林青冥。

仰视青霞宇广莫^①，

俯望沧浪潮啸涌。

潜林听涛践灵府，

赏花猎奇聆泉鸣。

怡目悦心得适志，

凭临揽胜方自雄。

2015年3月7月中午于游览七星岭

---

① 广莫，亦作"广漠"。宽阔空旷。《左传·庄公二十八年》："狄之广莫，于晋为都。"

游八门湾绿道

八水汇入口吟潺，

瑰异景观绕门湾。

涂树根干枝形怪，

鳞介①游集羽翩翩。

乡野循陌骑清溪，

田园阅翠望树烟。

渔港读帆享闲情，

椰海风韵任性揽。

2015年3月21日（龙抬头、春分）于文昌

---

① 鳞介，水生动物。

文昌航天发射中心

低纬近赤高离心，

火箭重载奔太阴。

航天科技登高峰，

遨游太空步青云。

世先国独献天琛，

旅游文化创意新。

卫星助飞"中国梦"，

文昌借势绘绣锦。

2015年3月21日（龙抬头、春分）于文昌

东郊椰林赋

椰樾隙光绿染裳，

翠幕摇曳情自淌。

万绿掩映缀红墅，

翔鸥旋逸云帆扬。

流霞溢彩渔晚唱，

烁星素月诗韵漾。

海韵椰风斯最是，

常将东郊入梦乡。

2015年3月21日（农历为龙抬头、春分）于文昌天海紫贝

冯家湾·三更峙二首

一 真颜无饰

银滩宽绵波漪涟，

清澹兀尔新月湾。

半岛岭岑三更峙，

珊瑚奇石姿万千。

初始情怀无粉饰，

原味神韵本真颜。

私藏处女尘世外，

诠释真谛在自然。

二　闺景娇韵

曲径萦旋登峙顶，

山藤野荆翠葱茏。

痴望椰曳空窕舞，

畅览日旭落霞红。

觅遍南溟无他处，

大圣出世斯横空^①。

深藏娇韵待撩纱，

掘宣闺景图峥嵘。

2015年3月22日于游览冯家湾

---

　①　意指82年版《西游记》电影将此作为孙悟空横空出世地点拍摄地。

文昌公园

——郭母李太夫人王夫人纪念亭

亭纪民妇开先河，

抚孤教子积厚德。

海外发迹绩显赫，

鼎助公益援母国。

携势建亭报恩泽，

名达贤士题楹额。

褒善启世树正风，

熏陶默化弘效模。

2015年1月9日于文昌天海紫贝

云龙湾①（淇水湾）

岭南海天色纯清，

蓝溟澄空际苍穹。

潮鸣沄②涌送千帆，

涛腾浪飞迎万霁。

天成奇美身沉醉，

神绘绝景心撼惊。

仰观云龙忧遁逝，

遥瞻泱漭胸扩容。

2016年2月21日于云龙湾（鲁能山海天售楼中心）

① 云龙湾，位于海南文昌市铜鼓岭自然旅游区。

② 沄，大波浪。

清澜港

琼州肘腋文昌咽，

清澜建港六百年。

晨曦吐辉耕南海，

暮云舞彩唱渔帆。

服务航天催梦飞，

保障三沙助戍边。

物流集散通四海，

小港大任拓海澜。

2016年3月8日于文昌天海紫贝

后港湾①

众流汇注后港湾，

滩涂红树罕奇观。

漪上浮翠攒万冠，

涟下摆影迤倒山。

岸观海上漂森林，

船行樾下穿邃涵。

潮退宫隐现爪鳞，

奇根怪干生魔幻。

习风曳舞摇烟树，

鳞集羽萃逸乐园。

2016年2月22日于文昌天海紫贝

---

① 后港湾，位于海南文昌市头苑镇东南部。

文昌二首

一 偃武修文

天海紫贝①僻荒蛮，

悠斑陈迹忆邈年。

初临谪官后熏染，

偃武修文改容颜。

进士秀才乡邻间，

栋才名达历代攒。

国母②将军椰乡誉，

古邑史话续演延。

2015年1月12日于文昌天海紫贝

---

① 紫贝，文昌古称紫贝。

② 国母，指宋庆龄。

二 胜境新篇

奇甸胜境天顾眷，

浅窥一隅实鲜见。

山秾川秀钟灵气，

海蔚湾漪貌澹然。

椰海瀚绰止叹观，

"九乡"①美誉缘毓丹。

琼岛热辟赐良机，

嫦娥飞天谱新篇。

2015年1月12日于天海紫贝

———————————

① 九乡：椰子之乡，华侨之乡，排球之乡，文化之乡，国母之乡，航天之乡，将军之乡，书法之乡及长寿之乡。

书香小镇

脱缰无羁，游历山水；放牧心灵，物我两忘。

岁月静好，悠然澹恬；纯净思绪，洗尘致雅。

书香茗缕清照茶，

意境自醉陶翁田。

听涛仰思九龄月，

致雅吟韵东坡篇。

斜阳余温拂风恬，

脱羁悠游度闲慢。

随性放牧遇而安，

身动心静品逸然。

2015年4月3日于文昌天海紫贝

漫步高隆湾游记

日出迎新天，碧浪送舸帆。

蓝天游絮云，鸥鹭展翅翩。

日夕舞丹霞，曳影覆波涟。

远望海浩淼，近观湾澶湉。

海上浮空阙，游人赛瀛仙。

沙洁细绵软，蘑菇婷立倩。

熙风摇翠浪，林涛起澜烟。

园景集锦萃，亭廊曲径连。

光沛万物茂，奇花异卉妍。

泊来风情貌，落地宜生艳。

椰林翳殿堂，毗邻咫尺衔。

独妙凝匠心，格调比亮靓。

楼林似笋簇，耸拔驻波澜①。

---

① 驻波澜，指岸边许多建筑物为拉美式风格，即大波浪式外观。

精致若盆景，惊目天境搬。

信步沐润风，驻足不思前。

面海四季春，久别忆依恋。

2016年4月5日于文昌天海紫贝

槟榔谷①二首

翠峰逶迤，林茂葳蕤，椰风摇曳，茅舍掩映，溪流咽淌。

水车悠悠，炊烟袅袅，自在悠然，原汁始味，寻梦家园。

一 梦寻境瑶

绵山逼仄潜林涛，

幽壑窅然匿境瑶。

茅舍隐掩袅烟绕，

原汁始味韵窈眇。

林中鸟鸣天籁曲，

庭前溪潋吊楼谣。

游山寻水觅梦境，

返璞求逸循黎苗。

2015年3月17日下午于游览槟榔谷

① 槟榔谷，位于海南保亭县与三亚市交界的甘什岭自然保护区内，为黎苗文化旅游区，5A 级景区。

二　始野景致

秀峰森竦峦靡迤，

苍莽始野景极致。

栖身林荫船形屋，

依山吊楼苗歌起。

万树溢香风盈袖，

山翠水灵梦境居。

民俗乐天舞集萃，

我赏本真望世袭。

2015年3月17日下午于游览槟榔谷

槟榔树

窈窕挺拔秀发飘，

俏丽清纯飞颊笑。

修长玉立凤尾冠，

靓态妍姿少女貌。

绰约娴雅涵柔媚，

叶梢摇风漾娇娆。

曼妙风韵醉沉湎，

丛育樾篱知天晓。

2015年3月17日下午于游览槟榔谷

槟榔情

黎俗文礼馈槟榔，

款待亲朋敬"宾郎"①。

友人共享增情谊，

独醉忘忧疗感伤。

笋竹生竿种精硬，

柱状无枝茎直上。

冠下坼裂挂黍穗，

恰似少女"离耳"②装。

2015年3月17日下午于游览槟榔谷

---

① "宾郎"，即槟榔，是黎族待客佳品。黎族称男小伙客人为"宾郎"。

② "离耳"，即妇女耳朵上佩戴的大耳环。

槟榔缘

韵致天成寨桃源，

古风新貌境醉眼。

吊楼船屋雨林弇，

袅烟曳影谷幽幻。

璞俗俚语原汁味，

槟榔"波隆"①待游仙。

"槟妹"②情歌唤"椰郎"③，

瑶台风物客浸染。

2015年3月17日下午游览槟榔谷

① "波隆"，黎族人打招呼用语，意为"你好"，也是槟榔树的称呼。

② "槟妹"，黎族人称槟榔树为"阿妹树"。

③ "椰哥"，黎族人称椰子树为"阿哥树"。

觅璞真

迁徙幽坳草寮居，

祖衣无纺树叶皮。

崇拜图腾奉牛魂，

"雕题离耳"①渐遐逝。

竹鼓乐舞性豁达，

淳朴民风基因袭。

珍护境貌居瑶台，

游觅璞真在苗黎②。

2015年3月17日下午游览槟榔谷

---

① "雕题离耳"，"雕题"即纹脸，"离耳"即耳朵上佩戴的大耳环。

② 苗黎，指苗族和黎族。

呀诺达二首

一 雨林之声

晨林静谧气清新，

栈径萦纡翠樾深。

展花抒瓣抽丝语，

落叶触物吐飒音。

群鸟争鸣戏别类[1]，

傲视陌客笑缠身。

互嬉逗哏[2]喋不休，

瞬遁还寂留爽心。

2015年3月18日上午于呀诺达

---

① 别类，意指鸟类视人类为异类。

② 哏：天津方言，有趣，风趣。

二　天画柔情

青林黛山环坳泓，

翠屏缀丹映水镜。

天画沉壁揉诗韵，

碧池静恬满柔情。

逸鹅信游漪涟远，

悠鹭驻湝观客行。

草木景境醉留连，

亭憩梦香不愿醒。

2015年3月18日中午于呀诺达

七仙岭①

云岑序递指青天，

晨雾披纱俏七仙。

绝壁刀斲凌云霄，

霁晴遥望倚天剑。

飞瀑落玉溪潺湲，

珍果萃芳馨盈远。

花鸟点飞林滴翠，

镜湖挹胜②沐青山。

2015年3月19日于天海紫贝

---

① 七仙岭，又名七指岭，以七个手指状的山峰而得名，位于海南保亭黎族苗族自治县东北部。

② 挹胜，收集胜景。清代薛福成《出使四国日记·光绪十七年二月二十五日》："山中吐纳万景，变幻不可名状，搜奇挹胜，俄顷忽殊。"

游尖峰岭七首

一　尖峰岭①

十八秀峰迤澶漫，

烟岑陡巉屹南天。

正仰雄峰侧马鞍，

氛霭氤氲势万千。

晴眺灏瀚俯雾溟，

晨观林涛浮旭旦。

夕揽云霞夜赏月，

天上人间无须辩。

2015年2月8至9日游尖峰岭

---

①　尖峰岭，位于海南西南部，地跨乐东县和东方市，中国现存面积最大、保存最完好的热带原始雨林。

二　天池

群峰宠抱天池涣，

琼液波漾无尘纤。

灵源叠泻宛玉屏，

龙吟虎啸众生欢①。

睡佛②安卧永逸安，

瑰姿轶态山自仙。

清溪幽壑青峰秀，

林海云雾皆奇观。

2015年2月8至9日游尖峰岭

①　此意指天池河中众多肖形石。

②　睡佛，远望尖峰岭犹如一尊神态安详的仰卧睡佛。

三　寄茂主缳

独树魁瑰霸座山，

巨榕子孙①撑硕冠。

板根网蜓无他锥，

林隙驳光万物蹿。

折卷叠抱百鹿苑，

"情侣""通天"②天外天。

藤蔓缱绻宿主缳，

植界法则活典诠。

2015年2月8至9日游尖峰岭

---

① 子孙，意指巨大山榕诸多气根入地，形成粗壮的气生根。

② "情侣""通天"，指双干矗立的"情侣"树和"通天"树高大参天，堪称一绝。

四　空中花园

林海绿浪山深潜，

珍禽羽鸟嬉林涧。

他物屈栖荫天伞，

求生竞光身腾蹿。

古树附生群芳荟，

草蕨寄挂花空妍。

觅得尖峰花攀树，

平生初见此景冠。

2015年2月8至9日游尖峰岭

五　仙境居

仙居山上天池畔，

空寂邃幽闭壶天。

偶有孤鸟鸣朦月，

常伴溪瀌淌咽泉。

薄雾幔纱光柔晕，

鳞跃镜影环漪涟。

远古神工造逸境，

今朝世人享乐园。

2015年2月8至9日游尖峰岭

六　登尖峰岭

林弇跻阶萦径攀，

烟笼障目脚踩棉。

蓊郁难锁鸟鸣脆，

岚雾捲袭身裹寒。

峦潜峰浮淹渊壑，

云涛雾浪舞翩翻[1]。

俯览沧浪酣挹胜，

仰逼青霞艳阳天。

2015年2月9日上午游尖峰岭巅眺

① 翩翻，上下飞动貌。朱淑真《春日行》："何处飞来双蛱蝶，翩翻飞入寻香径。"

七　巅峰望海

烟锁万壑缭巉岩，

翻沸蒸腾足下跹①，

巅堡②封弃景观坪，

驻思邈望南溟安。

固域窃贼屡窥衅，

恶霸颓唆掀狂澜。

天涯寄眺国人情，

极目迎涛心奋然。

2015年2月9日上午游尖峰岭巅眺

①　跹：飘逸飞舞貌。

②　巅堡，峰巅为一块平台，有一个当年的海防碉堡；现已封弃。

亚龙湾热带天堂森林公园三首

一　雨林相貌

龙蟠凤翥抱魁湾，

众品热植种逾千。

气润光沛草木槎，

林相季貌姿彩繁。

板根巨足爪蜿蜒，

硕冠壮干枝虬展。

体势参差臂挽缠，

最奇竹竿枝节添①。

2015年1月29日于亚龙湾

---

①　此指节外生枝。最奇特的是，雨林中藤竹地上爬行，林中攀援，竹笋不长在地里，而长在竹竿上。

二　烟树云舞

峰峦迤逦生烟波，

近树远林蔚蓊勃。

絮云弄舞戏光谱，

莽林变色瞬斑驳。

凝丹流翠鸟巢缀，

栈悬廊连邃涵桅。

云纛烟岚天际来，

飘逸欲仙游云托。

2015年1月29日于亚龙湾

三 移步揽胜

弥勒①怀杖合十坐，

风雨悟境瞻澜波。

峰崖瑶池琼浆漾，

艇游鸟翔海天阔。

高低远近峰路绕，

仙梯览胜殊层愕。

难喻奇美诗画境，

狂醉天堂享"野奢"。

2015年1月29日中午1时至下午5点于亚龙湾森林公园

---

① 弥勒，红霞岭峰顶一组天然巨石，酷似一座巨大的弥勒佛像。

蜈支洲岛二首

一　蜈支景韵

形如蝶飞蜈支状，

绿影葳蕤叠翠妆。

海峤峭崖斧垂削，

浪搏畸礁玑珠扬。

岩侣①咫步凝情望，

涛语浪泪羡鸳鸯。

凭临禅修石化佛，

翘首金龟②思故乡。

2015年1月30日上午9时于蜈支洲岛

---

①　岩侣，指两座巨石，近咫尺，远天涯，静相望。故蜈支洲岛又称情人岛。

②　金龟，指景区内的观日岩。

二　蜈支景绎

汉字始者[1]祭三观，

遂奉海神妈祖庵。

情桥晃荡手牵粘，

易板搭肩步恬然。

栈廊赏海歇憩闲，

花衣鳞介犇袭眼。

浚照潜窥斑斓界，

渔尾空舞倒喷泉[2]。

---

① 汉字始者，指最早的"海上涵三观"庵堂供奉汉字创始人仓颉。

② 指海上类似鱼美人式的空中表演。

海棠湾

瑶岛轴心划半圆，

弦月如扇海棠湾。

洁沙绵延滩素练，

绿波岸汩浪青山。

目及海色渐次变，

近澈远碧终墨蓝。

岸耸地标珍珠链，

企及极致鸿猷展。

2015年1月30日下午于海棠湾

椰梦长廊（三亚湾）

百媚椰林姿影藏，

滨海银滩玉带长。

碧波柔浪绵咏吟，

枕水楼墅貌别样。

霞辉洒落水流金，

海月映波霓彩淌。

天人协绘诗韵画，

昼游夜赏梦境徜①。

2015年1月30日下午及次日驾车沿海观光路游览

---

① 徜：徜徉。

大小洞天四首

一 话南山

浩淼南溟崖州湾，

巨鳌魁星天涯端。

灵墟窈洞隐玄圣，

胜迹遗墨镌箴言。

福寿翁婆域普见，

长青不老真南山。

呈小匿大谜未解①，

珍奇神墟憾遗妍。

2015年1月31日于大小洞天，次日修于文昌

---

① 据记载，还有一处"大洞天"，洞内宛若仙境，至今尚未发现，充满神奇
色彩。

二 面海邃思（老子瞻海）①

先哲山情高邈瞻，

水思杳然遗规范。

浪峰波谷人轨迹，

涛声海语警世言。

欲诉人间喜忧事，

海授法道涤尘寰。

洞邃冥想得玄珠，

悟汲精髓源自然。

2015年1月31日于大小洞天，次日修于文昌

---

① 老子瞻海，指景区内面朝大海的山坡上巨大的老子雕像。

三　南山石

鉴真东渡斯避难，

传教弘法寺修禅。

仙翁望海乐无忧，

石舫洞府遗仙坛。

人寿年丰"寿"①字涵，

九龟②融懿阖家欢。

肖形石磊遍海滩，

像石巨雕布南山。

2015年1月31日于大小洞天，次日修于文昌

---

① "寿"，即一块"寿"石，寿字由人、寿、年、丰四字组成，喻意寿比南山。

② 九龟，即九九归一，九只大龟一只小龟，为纪念澳门回归而建。

四 南山不老松①

虬枝空径不求材，

生闲寡欲避世埃。

怀风醉雨得清平，

承露迎旭观月海。

虚怀免祸度悠时，

涛笑漪安赢万载。

红尘俗客借拜寿，

何如静心逸自来。

2015年2月25日中午于文昌高隆湾美龄湾滩伞下

① 不老松，学名"龙血树"，白垩纪恐龙时代已出现，被称为植物中的活化石，濒临灭绝，被联合国教科文组织列为保护树种。三亚南山一带生长着六万多株，最长树龄六千年以上。

白石岭①二首

一　峰领列嶂

平林兀耸千丈岭，

绝壁嶙峋铮崆峒。

顶撑悬石柱擎天，

巉峙孤傲领群峰。

弃缆②拾阶蹑云迹，

仰天攀梯跻崖空。

飒风瑟音岫烟绕，

恍惚梦境游太清。

2014年1月14日下午登游白石岭

---

① 白石岭，位于海南琼海市西南12公里处。

② 缆，指缆车。

二　碧野揽怀

巅眺峦波峰浪翻，

遐瞻荒原翠幽恬。

平畴辽夐①锁蓊蔚，

槟榔林海润水烟。

泓镜镀银储天云，

玉溪蜿蝉貌飘然。

心悦神奕身画境，

畅享谧野还自然。

2014年1月14日下午登游白石岭

---

①　辽夐，辽阔广袤。

红色娘子军纪念园

旖旎万泉育烈女，

琼崖纵队迹传奇。

脚穿草鞋肩背笠，

林被地床菜充饥。

豆蔻年华闹革命，

琼花杀敌骄人绩。

巾帼英雄功殊荣，

妇女解放树旗帜。

2014年1月14日中午参观纪念园

万泉河游览区

天降玉带川潋滟，

岸延山水轴长卷。

晨织雾纱夕撒金，

沉壁落影景生幻。

槟榔飘香椰曳姿，

轻楫帆影鹭鸶翩。

游船歌起竹排箭，

醉客忘情嬉万泉。

2014年1月14日于万泉河游览区（市区）

三江汇流入海口

鳌头探海欲出潭，

玉带金渚阻狂澜。

三江汇流静逝水，

帆影鹭翔竟悠然。

圣公接浪身沐拂，

波涌萦纤岸无闲。

内漪外澜殊水色，

独享天厚筑论坛。

2015年2月24日于博鳌亚洲论坛永久会址（玉带滩）

玉带滩（博鳌）

鳌头引领三江滔，

玉带招邀潮汐嘈。

分江隔海开胜境，

挥涛舞浪波上飘。

金渚琴台江海弦，

涛漪同奏逐浪谣。

襟海怀河抚狂柔，

圣公阅世真英豪。

2015年2月24日于玉带滩

乐城岛①

一水中分抱烟岛，

玉带镶翠天外飘。

植林荫翳蔽衡荜，

古道斑壁诉陈谣。

俗氛难近自净淘，

真素淳质尽舜尧。

物外逸安桃源境，

濯魂涮心慕逍遥。

2015年3月24日上午于琼海朝阳乡乐城岛

① 乐城岛，是海南万条河下游入海口的一个孤岛。

海的故事^①

烟皋咖吧抑公园，

凝溟忆事或祈愿？

弃旧船帆岸上屋，

海情元素饰其间。

坐品阔聊聆涛乐，

仁眺游赏浪霓缱。

阅潮望澜思耕史，

海恋情愫不解缘。

2015年3月24日上午于博鳌镇海的故事

① 海的故事，是以海的故事为主题的岸边酒吧，位于博鳌镇，那里又像是一个特色公园。

龙寿花海

平畴良苗绿郁葱,

陌埂格田植分明。

浮栈蜿蜒踏稻浪,

槟榔翠屏弄春风。

花海绽妍民希冀,

田垌植锦"中国梦"①。

城乡融体溢雅美,

仙居域中忘天庭。

诗境诱客循香来,

陶公②何曾见此胜。

2015年3月24日于琼海龙寿洋花海

---

① "中国梦",在稻田中,种植不同颜色的稻子(禾苗)组成的"中国梦"
字样图案,巨大而醒目。

② 陶公,指陶渊明。

北仍村

林樾萦径邃通幽，

岁月简宅紫气稠。

疏影斑驳翠染衣，

路庭花锦珍果馐。

礼仪厚德民风璞，

草寮茶咖时光悠。

天下黎民皆北仍[①]，

望山看水记乡愁。

2015年4月1日于琼海北仍村

---

① 北仍：村名。

火山口公园①二首

一　地坼沧桑

地堑坼裂喷火岩，

新世休眠万余年。

沧海变迁留遗迹，

环杯锥状口朝天。

孪生圣婴②若双眼，

妙水韵滴谱乐泉。

石塔茅茨古村落，

天荒锥峰今大观。

2015年1月3日于文昌天海紫贝

---

① 火山口公园，位于海口市西南石山镇。

② 火山群四座火山口犹如两对眼睛，被誉为火山圣婴，又称眼睛岭。

二　古景新梦

锥口裂谷貌青山，

泼墨流迹形画卷。

火雕美体黛绿装，

沉睡醒来身化仙。

举目峥嵘岚烟翩，

放眼平林野旷然。

百姿凝情洞九曲，

古景新梦同抒燃。

2015年1月3日于文昌天海紫贝

金牛岭公园①

神牛昂首东呼眺，

水湍陡岩瀑帘飘。

勤耕感天厚润泽，

寓意琼人新风貌。

热植荟蔚花琪瑶，

鸽翔蝶舞羽翩绕。

喧城辟隅独幽胜，

民憩童乐逸逍遥。

2015年1月5日于文昌天海紫贝

---

① 金牛岭公园，位于海口市海秀大道中段。

人民公园①

滨城留水添恋缘，

双湖连体并漪涟。

乐起银柱舞空灵，

光透七彩景绚缦。

巨榕根垂挂幔帘，

庙庵井桥蕴厚涵。

园墟三波涛汶潮②，

自古英雄汇英山。

2015年1月6日于文昌天海紫贝

① 人民公园，位于海口市大英山。

② 在园内小山包上有三个村庄，分别名为波涛、波汶、波潮。

万绿园①

亘古琼崖绿终年，

专造意境万翠园。

摩楼腾空融蓝天，

涛声渐远近溪潺。

曳椰粼波衬游云，

茵草飞花漾欢颜。

晨练午憩夕徜徉，

福民过客情流连。

2015年1月7日于文昌天海紫贝

---

① 位于海口市滨海大道中段。

琼台书院①

登科墨士琼台盈，

丘濬才学博冠名。

入仕阶梯必经坎，

摘得魁星途锦程。

播文教化三百年，

栋材辈出育文明。

书生婢女钟情史，

《搜书院》②剧瀛蜚声。

2015年1月11日于文昌天海紫贝

---

① 琼台书院，位于海口市琼山区中山北路，是清代琼州最高学府。

② 《搜书院》，清朝雍正年间，琼台书院发生的《搜书院》故事广为传播，以此为题材的粤剧、琼剧及电影在海内外演出播放，闻名遐尔。

香水湾

岭泉撷香潺入湾，

驻空浓溢馨逸远。

慕望仙蓬①仰牛首②，

悦观鹭翔赏渔帆。

嶙石岣礁接涛浪，

高丘低滩亲波澜。

堤隔泓碧天坠镜，

羊戏牛悠牧滨田。

今添楼墅傍潺居，

味逝貌变涛依然。

2015年1月31日下午三亚返回文昌中途重游

---

① 仙蓬，指分界洲岛。
② 牛首，指牛岭。

清水湾观海

百川入海时污残，

涛嚼浪涤自净廉。

清莹底澈鱼嬉逐，

驻足惊观色斑斓。

滩石苔鲜娇翠菜，

浸荡拂洗嫩青芊。

碧波洁霁飞银花，

层涌叠追送欢颜。

2015年2月11日于清水湾

梦遇清水湾二首

一 循雁落栖

北纬十八传奇线，

琼岛天资堪比肩。

循雁空迹南国行，

落栖梦遇清水湾。

京晨冬服御寒风，

琼午夏装晒暖滩。

曼妙风光景惊艳，

海天山色扰心安。

2015年2月28日于清水湾

二　邂逅心栖

前观湾漪港舸帆，

后赏陌野山黛岚。

沙歌气语步履鸣，

博山纳水自诗篇。

唯美臻至萃一湾，

日升月冉倚窗瞻。

平生邂逅慰心栖，

恬谧畅舒享怡然。

2015年2月28日于清水湾

雅居乐·清水湾·蔚蓝星宸二首

一　山海留魂

天澄瀛蓝山岚远，

轻风戏浪舞锦缎。

观澜怡心水养性，

逍遥筑梦雅居园。

观星读宸醉蔚蓝，

夜谧涛吟枕波眠。

胜观瞬目铸隽永，

山海留魂紫月湾。

2015年2月28日 于清水湾

二　逸境清澹

天阔云闲苍穹远，

山黛迤逦峰青岚。

旷野青芊起烟波，

瀚蓝帆影去渺然。

揽胜写意抒情趣，

徜徉怡怿融自然。

醉心逸境物我忘，

宠辱无痕身清澹。

2015年3月17日上午于清水湾

点赞清水湾

观看"雅居乐清水湾第二届国际游艇博览会"暨雅居乐清水湾《荣耀六载·纵情四海》庆典千人晚宴演唱会

湾泊百艇竞靓装，

璟体玉颜秀别样。

扬帆蔚蓝畅遨乐，

众惊叹观高大上。

千人庆宴艺腕捧，

梦幻月湾纵情狂。

华奢夜色歌乐赞，

回荡星空涛伴唱。

2015年3月28日于清水湾游艇码头

牛岭观景台

牛岭横亘岛分半，

头东尾西身屏寒。

岚烟笼顶云翩翻，

北南气象阴阳脸。

左观石梅右香湾，

俯赏翡翠瞻蔚蓝。

瑰玮瀛景犇①眼来，

醉境忘程耽身返。

2015年3月18日下午约4时牛岭观景台

---

① 奔跑、急匆匆的意思。出自《荀子·议兵》："劳苦烦辱必犇。"

候鸟集
HOUNIAO JI
南南诗歌

椰田古寨[①]

椰风送香见苗寨，

招龙乐舞迎客来。

鲜汁制饼待宾朋，

吊楼图腾闯眼帘。

古锤承艺琢银花，

傩神放蛊蕴秘彩。

迁栖族衍落天涯，

奇俗异情传世代？

2015年3月29日于文昌天海紫贝

----

① 椰田古寨，位于海南陵水县东线高速英洲出口处。

吊罗山①

淳泓镶翠锁渚烟，

叠瀑复泻入幽潭。

激流生烟撷彩虹，

泉咽溪喧凑乐篇。

俯眺旷远览众山，

碧海绿涛拿仙涧。

珍禽奇花恋逸居，

翠峰龙吟吐天泉。

2015年3月30日于文昌天海紫贝

---

① 吊罗山，森林公园位于海南东线高速陵水出口21公里处。

登高山岭①

　　登高观揽，塔望四方。平林绿波，始野阔旷。河川玉带，海气粼光。

三泓碧玉镶高岭，

花姿岩态竞灵动。

旷野植蘖②林禽栖，

直阡曲陌村野行。

塔眺瀚烟渔帆影，

远闻港湾船启鸣。

滢江锦川天际去，

妩媚四方境峥嵘。

2015年1月24日上午于高山岭

---

① 高山岭，古称毗耶山，位于临高县城西北。

② 蘖：茂盛。

临高百仞滩^①二首

一　天作野展

慕名劈径觅仞滩,

荆榛藏匿怪石攒。

蚀浸沐凿殊异姿,

赤裸粗犷铮面颜。

古朴蛮味千百态,

天作野展雕艺园。

始址原貌悠邈年,

揭纱面世胜诗言。

2015年1月24日中午游百仞滩

候鸟集

HOUNIAO JI

海南诗叙

---

① 百仞滩,位于海南临高县城东北4公里处,古为临高八景之一。

二　魂锁文澜①

汛水炽肆天河悬，

高亢激越雷鸣远。

浪荡狂沸困兽泄，

狮吼虎啸起狼烟。

击石身碎魂不散，

雾霭朦胧锁文澜。

浚湍飞泻瀑生云，

夕霞撷彩迹飞天。

2015年1月24日中午游百仞滩

---

① 文澜，指文澜江。

临高角①

高岬眺陆烟波断，

仙路②隔湾景截然。

大鹏③波柔轻语吟，

秋涛④磅礴雷鸣酣。

千帆穿峡降神兵，

舟楫完胜铁甲舰。

战地耸屹英雄姿，

红色记忆丰碑缅。

2015年1月26日于文昌

① 临高角，位于临高县城北部，北邻北部湾，与雷州半岛隔海相望。1950
年解放海南岛在此登陆。现建有解放海南岛纪念雕像群、纪念馆、烈士纪念碑。
② 指岬角顶端天然拦潮礁石堤伸向大海，古称"仙人指路"。
③ 大鹏，大鹏湾。
④ 秋涛，秋涛湾。

黎母山①

黎民始祖诞婺山，

坊传母身源桃仙。

撑天庥庇育后生，

五子②奉香生紫烟。

袖香袍蓝今如是，

沧桑一梦世境迁。

生黎③变熟融大潮，

新苗④茁壮绽笑颜。

2015年3月10日于文昌天海紫贝

① 黎母山，位于海南琼中县境内。
② 五子，指五指山。
③ 黎，黎族。
④ 苗，苗族。

再题黎母山

苏公①践游②留遗篇，

寓渊意远续脉谈。

翁蔚雨林覆高岭，

云峰雾谷飘飞练。

岂止墨兰知风草，

石姿堪绝态摽冠。

破荒邀客临阅胜，

应验诗谶"不妄言"③。

2015年3月11日于文昌天海紫贝

---

① 苏公，指苏轼。

② 践游，践即到、临，游即游历。早在900多年前，苏东坡到此游历并留
下诗篇《题黎婺山》。

③ "不妄言"，引自苏轼《题黎婺山》："荒山留与诸君破，始信东坡不妄言"。

百花岭①

五指腹匿百花岭，

峰峦演迤覆林翁。

岚绕烟笼时隐现，

奇观幻境自天成。

纳溪集水碧池盈，

龙吐飞瀑天鼓鸣。

银带飘挂帘珠玉，

潭绽玉花恰其名。

2015年3月12日于文昌天海紫贝

---

① 百花岭，位于海南琼中黎苗自治县西南。

天上什寒①

天上什寒生冠境，

最美誉名赢天成。

岭环盆栖岚烟缭，

梯翠畴茂山林葱。

泉潺瀑飞羽翮鸣，

放牧心灵阅幽胜②。

桃源逸境风清嘉，

几疑人间迁天庭。

2015年3月14日于文昌天海紫贝

---

① 什寒，即什寒村，位于海南琼中县800多米的高山盆地之中，有"天上什寒"之美誉。曾被评为"中国最美乡村"桂冠。"什"当地人发音为 zà，未收入词典。

② 幽胜，幽静而优美的胜地。《新唐书·裴度传》："沼石林丛，岑缭幽胜"。

黎熟苗壮

黎母^①荫佑鹦哥^②襄，

山盆植黎育苗秧。

黎民迎呼"奔格内"^③，

崇牛族神图腾仰。

苗舍傍种"山猪药"^④，

秋千荡开心气畅。

苗壮茁长滋雨露，

黎熟丰登承艳阳。

2015年3月13日于文昌天海紫贝

---

① 黎母，指黎母山。

② 鹦哥，指鹦哥岭。

③ 奔格内：黎族人办起了农家院，意为招呼游客"到这里来"住客栈。

④ 山猪药：一种类似于仙人掌的红色植物。

木色湖①

高湖泓渟驻天颜，

山水本真净碧蓝。

潜水集溪潺欢吟，

青峰吐瀑挂银练。

霞洒烟袅鸟归栖，

幽寨暗香境生幻。

牧放身心慕高情，

避喧遁嚣隐桃源。

2015年3月15日于文昌天海紫贝

---

① 木色湖，位于海南屯昌县城西南20公里处。

五指山

五岳磐礴唯孤然，

分身欢聚天涯畔。

观海拂星弄云月，

比肩昂首笑南天。

千叠碧浪五峰领，

翠蓝连界彼作岸。

峦诗嶂画开胜境，

世外独逸五指山。

2015年3月16日于文昌天海紫贝

美丽之冠

滨水照芙蓉，碧波浮菡萏。

佳丽五洲杰，云集美女筵。

婉约姿闭月，嫣媚态羞妍。

醉倩影沉鱼，望花容落雁。

瞥娇貌惊鸿，观娉袅龙鳗。

颜智竞加冕，丽城①戴皇冠。

2016年1月4日于文昌市同济医院

_____

① 丽城，美丽之城，指三亚。唐代李世民《月晦》："晦魄移中律，凝暄起丽城。罩云朝盖上，穿露晓珠呈。笑树花分色，啼枝鸟合声。披襟欢眺望，极目畅春情。"

南山观音

百米玉身三尊颜,

望陆瞻海渡彼岸。

披云踏浪天涯畔,

慈立莲华①居南山。

灵境梵音弥香篆,

信众虔拜祈禅愿。

凡人攀顶涤尘生,

豁然晓悟惜世缘。

2006年3月16日于文昌天海紫贝

---

① 莲华,莲花的别称,此指佛像下的莲花座。

景心角①观海

天石堆磊缀岸滩，

迎风接浪玑珠天。

怒啸击崖欲脱羁，

浪高瞬落归根渊。

涛汩叠涌生瀚烟，

极目眺辨浮丸船。

观海听涛臆洪荒，

磅礴灏漭天力缘。

2017年1月1日于月亮湾售楼中心

---

① 景心角，位于海南文昌市翁田镇北约5公里处海滨。

登七仙岭

根抱石树命强顽，

无壤裸长林遮天。

试问体魄心气高，

砺我云山跻二千。

非畏天阶徒峭险，

怎与仙人齐眉观。

足前仰首亦真情，

俯身揖礼拜七仙。

2017年2月5日于保亭七仙岭

美榔姐妹塔（澄迈双塔）①

竹篁簇翠碧野闲，

清泉潴渚塔耸然。

怡静幽悠犹净土，

身境心觉舍利天。

灵照②俗嫁奉文武，

善长③奄居伴佛缘。

双乔并立八百载，

久历沧桑韵婷然。

2017年2月13日晚修改于儋州市如家快捷酒店

---

① 美榔姐妹塔：建于元代，位于海南澄迈县美亭乡美榔村，全国重点文物保护单位。

② 灵照，长女还俗嫁人，塔身供养的皆为文武官员雕像。

③ 善长，次女出家终生与佛相伴，塔身雕像全是佛教人物。

南轩古村寻瀑①

观览双塔②闻人言，

南轩古村瀑可观。

觅得壑堑野生象，

碧流突坠崖前帘。

深匿闺境孤独处，

落差数丈声消川③。

甘愿清寂守平野，

无意博名攀高山。

2017年2月13日晚于儋州市如家快捷酒店

---

① 南轩古村：位于海南澄迈县美亭乡境内。

② 双塔：指澄迈双塔。

③ 声消川：川，河流，此处为一条平原上突然下陷的深堑间的河流，意为
瀑布的声响消散于河流之中，故在不远处声音仍然很小。

千年古盐田①

岸滩礁石平削半，

凿雕石槽若巨砚。

泥沙制卤日酷晒，

暮色凝结净晶盐。

乾隆御书赐"正德"，

智慧技艺千余年。

非遗完存七百亩，

今朝辟景堪大观。

2017年2月13日晚修改于儋州市如家快捷酒店

候鸟集
HOUNIAO JI
海南诗叙

———————————

① 千年古盐田，位于海南洋浦半岛盐田村，是中国保存较完好的古盐场，
被列入国家级非物质文化遗产名录。

东坡书院①

幽林竞秀椰曳掩，

殿堂亭阁势昂轩。

儒雅蠢立持卷吟，

谪居真乡生死缘。

教化文盛始公启，

千秋轶事众观瞻。

双泉锁情史佳话，

后世缅泽励效贤。

2017年2月14日晚修改于琼中7天连锁酒店

---

① 东坡书院，位于海南儋州市中和镇，为纪念苏东坡谪居而建，始建于北宋（1098年），国家级重点文物保护单位。

观木色湖

细雨濛霏雾弥天，

远山苍茫浓墨染。

近水叠波倒影深，

天润地酿境浑然。

万绿红墅岸点睛，

鱼跃破镜鹭掠翩。

惑窃语勿扰梦幻，

疑己问天上世间？

2017年2月14日晚于琼中7天连锁酒店

清水湾·龙头岭

清水碧波莹浪霓，

月湾长滩尽头岭。

远望龙貌近龟形，

礁石群集百姿容。

笑看潮汐悟世事，

风雨沧桑人缩影。

砺历有别真谛同，

淡定自在人生赢。

2017年2月18日上午于清水湾

重游大东海

鹿①顾榆林②穿南湾，

山抱碧波入高天。

早年山水笑相望，

今朝楼林筑篱藩③。

银滩裸晒人攒动，

雪浪浮游艇飞蹿。

酒家上风憩畅赏，

行林曳影自往返④。

2017年3月17日于清水湾

候鸟集
HOUNIAO JI
海南诗旅

① 鹿，指三亚鹿回头，此借喻。

② 榆林，指榆林港。

③ 篱藩：用竹制作的篱笆。此指高楼林立。

④ 此句意为留连徘徊于椰林间，如同婆娑曳影来回往返。

三亚西岛行

平海突起双峰峦，

东西玳瑁根脉连。

浩涛横澜鼓浪行，

毗邻瀚海孤浮悬。

北望湾城①繁华貌，

南眺海天宝石蓝。

银礁峙立临双帆，

客潮海娱做水仙。

2017年3月25日于清水湾

---

① 湾城，此指三亚市。

吊罗山森林公园大里瀑布

曲阶迂邃溯上行，

空山茂林闻鸟踪。

碧流清歌唱石卵，

宕跌湍泷吼阻梗。

重帘天瀑飘顷练，

翠峰抱潭送飏声①。

琼岛深处真桃源，

世外黎乡醉我行。

2017年4月1日于清水湾

① 飏声，飞扬，飘扬。

清水湾游艇会瞰景

海壖群墅椰流丹，

河畔洋楼空比肩。

曲水清流飘玉带，

静港漪涟泊艇帆。

银沙长滩抱月湾，

瀛隅浮翠笼渚烟。

轻舟牧渔舸鸣远，

拂云瞰临人自仙。

2017年4月10日于清水湾

候居轶事
感悟篇

HOUJUYISHI
GANWUPIAN

候居海南感赋

数载隆冬琼偏安，

身舒神怡京忘返。

登岭攀峰观云像，

踏沙戏水游月湾。

穿林行陌牧心灵，

望海听涛悟自然。

山音林语诲禅理，

临风沐阳醒尘寰。

瀛海神鳌翡翠岛，

沉醉奇甸海之南。

2013年3月13日（正月廿二，龙抬头）于文昌天海紫贝

悠居

湾湾相牵拥海南，

处处胜景皆流连。

杪椤绰影椰娑舞，

海天山色梦境缠。

身轻抛枷臻人生，

忘我脱羁归自然。

人间仙境何处寻，

天堂不过居桃源。

2013年3月于文昌

空中行

瀛坞①近赤位天涯，

颙坐纬度金十八。

形貌神龟瀛方舟，

南溟琼岛堪奇葩。

海角梦思心萦绕，

魅域幻诱觅新家。

空行数时两天下，

京裹羽装琼披纱。

2013年3月于北京阳坊

① 瀛坞，犹海岛。

南北对

北国风酣雪飞洒，

山川素裹树银花。

叶落郊野无隐处，

霾雾障目面罩纱。

珠崖①扶光占春先，

熙风细雨万物华。

满目苍郁花竞艳，

搏涛击浪赤卧沙。

2013年3月19日于北京阳坊

---

① 珠崖，西汉始置、三国置、隋置。古代行政区，今海南省一部分，海南岛曾称为朱崖洲。

发呆亭观海

银滩洁沙飘玉带，

叠浪霁花舞锦纱。

潮汐起落永不竭，

蓝天碧海无垠涯。

远望巨轮达四海，

近观渔家捕鱼虾。

栈桥入海浮蜃楼，

挥杆垂钓学子牙。

2013年3月19日 于北京阳坊

文昌

文昌①星耀汉紫贝，

偃武修文名难为。

椰林皇后誉天下，

武神贤达才子斐。

华侨赤子遍四海，

崇教尚德淀文萃。

毓秀钟灵薪火传，

纯朴民风醉自魁②。

2013年4月8日于北京西三旗

---

① 文昌，海南文昌市，意为偃武修文，古代称紫贝。

② 醉自魁，文昌当地人自喻文昌为海南文明的摇篮而陶醉自豪。

乐老

——记海南候居生活打油诗一首

散步健身打太极，

赶海拾贝学钓鱼。

游山行陌穿椰林，

赏花摄影寻轶趣。

览网知世侃大山，

读书阅报品茗咔。

名缰利锁解脱净，

静心动身乐无羁。

2013年4月9日于北京阳坊

月解

夜近12时看央视《24小时》近尾，站阳台上抬头望月，皓月当空，孤轮高悬，月圆如镜，明亮清晰，隔有丝丝浮云轻柔飘过，美极！月画情景，世间皆然，海南生活，感触颇深，毫无睡意，即兴而赋。

无根浮云同月下，

异域思亲望月画。

嫦娥舞袖遣闲暇，

吴刚伐桂劳无假。

玉兔捣药洒桂子，

云外飘香馨天下。

天涯游子话月解，

寄托乡愁到月家。

2013年4月25日（农历三月十六日）晚近12时于北京阳坊

海月韵魅

穹苍星月明，海波萤光行。

悠步听浪笑，沙滩逐天灯。

栈桥临风怡，岸吧①酒令盛。

苍海疑自问，源何魅无穷？

2013年8月27月于北京西三旗

---

① 指海岸上的酒吧或大排档。

迁栖

北寒南暖效雁迁，

躲冷逃霾避气染。

行云越海瞬间达，

候居琼岛怡豫园。

送目椰叶摇曳翩，

草木菲薇飞花点。

润风拂面似春天，

云悠霞蔚心释然。

2013年12月22日于文昌天海紫贝

五公祠①感怀五首

李德裕

德裕聪慧不屑考，

恩荫入仕历六朝。

弭乱疾派削宦势，

擢扶寒素琢英豪。

谏诤党轧贬崖州，

投荒赤心志不凋。

谪居立说《穷愁志》，

功阙名相葬琼岛。

2014年1月3日于文昌天海紫贝

---

① 五公祠，位于海口市琼山区海府路，为纪念唐宋时期被贬谪到海南的五位著名的历史人物：唐朝名相李德裕，宋朝名相李纲、李光、赵鼎，名臣胡铨而建，故称五公祠。

李纲

女真毁约掠半壁，

猝至朝惊欲遁弃。

力持整饬退金兵，

悔贬欲用京殉毕。

治国整军订《十议》，

遭谗黜免谪琼居。

稽留数日返途逝，

御侵壮举史铭记。

2014年1月3日于文昌天海紫贝

李光

斥桧①弄权误国斩,

帝庸壅蔽反遭贬。

奸诬讥政黜再三,

《渡海诗》言抒愤懑。

交友自适身怡然,

研学赋墨笔雄健。

诗文谐雅心咏志,

无价遗作魂神传。

2014年1月4日于文昌天海紫贝

---

① 桧,指南宋著名奸臣,主和派代表人物秦桧。

赵鼎

国危族难两拜相，

抗金反降挺岳帅①。

亲征致胜复中原，

政务灼见朝野盖。

秦桧秉政恨齿寒，

罢相屡贬南荒外。

至死丹心魂未泯，

功勋丰国谥誉戴。

2014年1月6日于文昌天海紫贝

---

① 岳帅，指南宋抗金名将岳飞。

胡铨

桧降帝苟遭金辱，

直谏檄文斩桧书。

朝野国民激轩波，

秦疏奇书齐诵诛。

桧恨罪戳谪居琼，

九渊死迫乡友助。

劝教汉黎洗兵亭，

育黎青苗①变熟粟。

桧死北返须发霜，

贬荒八载无悔初。

绝境觅乐惠琼人，

痴心躬尽终生笃。

2014年1月6日文昌天海紫贝

---

① 黎、苗，分别指黎族与苗族，此借喻。

苏公仕文一生

政歧执见语尽酣，

屡贬四州路荒南。

"乌台诗案"濒断头，

归朝途卒"文忠"善。

诗书工画领风骚，

恣肆纵横清豪健。

教化启黎功千秋，

翰墨韵秀世珍篇。

2014年1月14日于文昌天海紫贝

苏公风韵名评二首

读诸名家对苏东坡其人情、学、诗、词、书、画之风格、
意境之评说，拙笔绎纳之。

一

"文忠"豪放似太白，

仕途失意文开泰。

纵横策士话云尽，

才慧超群童心在。

蛇智鸽温黠融身，

义勇敢为不屑害。

善褒厄贬言弗及，

数困于世无悔改。

2014年1月8日于文昌天海紫贝

二

超逸绝尘落笔奇，

胸抒浩气排山势。

书挟天风空长啸，

狂云飚涛倾海雨。

清雄韶秀逸仙姿，

辞气迈往天籁曲。

春花散空不着迹，

轶尘绝世无步趋。

高人逸士当如是，

襟抱才华梦不及。

2014年1月8日于文昌天海紫贝

晚当年

尽阅春色诗抒难，

饱历烟雨言喻殚。

心余辞匮无近水，

穷车枯砚急何堪。

自叹功薄笔锋钝，

今寻昔墨晚当年。

好在清闲少琐事，

勤耕慢琢慰流年。

2014年1月24日于文昌高隆湾

逸人愿

领略世事众纷纭，

感悟真谛靠己寻。

风轻云淡乃妙境，

悠享原野牧童心。

乐游山海觅本真，

润泽人生缔至臻。

埋锋葬锐聚静气，

藏山纳海效逸人。

2014年1月28日于文昌天海紫贝

高隆湾过年

蛇年岁首游龙湾，

沙滩细软洁宽绵。

花园漫步沐椰风，

萋草繁花漾辗然。

亭椅躺憩聆涛韵，

戏水拾贝意满忺。

碧海今日船尽横，

天涯清游趣脱凡。

2014年1月30日（农历正月初一）上午
于高隆湾龙湾沙滩发呆亭下即兴遂赋

贺夫人六十寿辰

风情古墟①数游临，

今伴夫人贺诞辰。

三江聚海观潮涌，

玉带滩头聆涛韵。

人过沙滩足迹清，

浪涤痕无复履新。

潮涛澎湃引众目，

汐波澹宁更醉人。

2014年2月26日游琼海博鳌玉带滩赋

---

① 古墟，指海南琼海市博鳌镇。

贺夫人六十寿辰再赋

飞驰霎达博鳌镇，

游艇畅览三川汇。

亚洲论坛占鳌头，

风光旖旎境怡魂。

沙滩漫步悟人生，

观潮听涛享海韵。

细品寿面对酌叙，

甲子诞日洒霞辉。

2014年2月26日于文昌天海紫贝

望海叹

骇浪遄驱势推山，

层涛汩起根九渊。

海气作幕垂天阔，

风挟潏濞沸海翻。

目断巨浸翼长云，

缥缈浮游孤风帆。

呼天唤山谁为岸，

逸势矫翰不问缘。

2014年3月3日于文昌天海紫贝

沧海韵

沧海无垠五洲嵌，

浪涛翻涌天波连。

潮头银花千堆雪，

啸咏酣放万骑嘶。

澜海寥天融一色，

喜怒飙澹随性展。

涤物淘金净尘寰，

尽享海韵醉陶然。

2014年2月26日于琼海博鳌玉带滩

仁山智水谛绎

水润青山草木葱，

山衬柔水魅空灵。

山风溪语诲人意，

仁山智水启心颖。

山巍厚重眉峰聚，

水澹玲珑眼波横。

青峦演迤水悠长，

心往佳处眉眼盈。

2014年3月10日于文昌天海紫贝

习诗周年

海澜椰娑韵吟诗，

湾锦滩缎画赋词。

山风林语咏叹调，

峰岚云舞天籁曲。

方壶胜境催心豪，

老骥习诗跻天梯。

笔耕周年三百首，

无需亢诵不求识。

2014年3月13日于文昌天海紫贝

港湾即景

晨见蓝洋升朝晖，

锦波粼光鸥追舺。

夕观落照雯云霭，

涛送风帆戴月归。

近赏倒影渔火闪，

遨读星河北斗魁。

濛望瀚烟谧迷膀，

雨打椰叶玉坠脆。

2014年3月18日于文昌天海紫贝

望海辞

波起浪逐竞头魁，

涛汩虓嗷催奋追。

万堆瑞雪岸际涌，

急澜满鋆浪溯洄。

溟澥铺银波嵌玉，

峰顶皞花目璀玮。

天下瑰景知多少，

唯海瀚幻抚心扉。

2014年3月27日于文昌天海紫贝

弄潮儿·高隆湾观风筝冲浪

勇者弄潮潮头立，

踩板借力浪尖嬉。

驱翔彩鸥人影随，

转绕跳跃疾飞驰。

群鹰乘风试比翼，

击浪搏涛拼锐气。

浪起人高水上蛟，

涛头擎旗真雄姿。

2014年3月30日于文昌天海紫贝

岁月静好

斜阳温余习风恬，

品茗谈棋步湾滩。

叶茂花妍应时盛，

海语濛雨润心田。

陶冶性灵躁偏远，

感悟静淡心自安。

诗境画苑惜书香，

幽胜梦景醉澹然。

2014年4月2日于文昌天海紫贝

溟瀛镶翠

南溟浮瑶岛，

碧波游金龟。

蔚蓝荡玉液，

瀚海镶翡翠。

五指冲天壕，

星月躬可亲。

黛绿无时节，

万物永示春。

胜境世人居，

方壶物外寻。

2014年4月4日于文昌天海紫贝

红月亮（血月）

凌晨突醒，忆月难眠，窗前寻踪，遂赋以志。

晚夕轻风悠慢行，

举目愕视"红日"升。

圆润血盈非月空，

暮色似逾他日明。

难见天宇此奇观，

错位时光阴阳覆？

夜阑醒忆西窗望，

淡月孤清待日红。

2014年4月16日凌晨于文昌天海紫贝

春回京城

疾风劣气天冽冷，

身感难适急奔琼。

南国温和境洁清，

惬意心舒抚孤情。

久居思故归心萌，

其时京城春意浓。

遐思两地同纬度，

赤道变轨气象更。

2014年4月20日于北京西三旗

忆海上望月

海生月华泛滟铮，

万顷银波坠瑶镜。

沙滩覆霜夜清邃，

海月凝眸境空灵。

港外泊船灯阑珊，

万籁音绝涛独鸣。

孤倚桥栏忆少月，

天涯萦怀梦天明。

2014年5月17日至22日于北京西三旗

时过境迁两重天

亘古南荒天尽头，

重罪贬谪罚琼州。

挥泪别土天涯路，

蛮地生死未卜愁。

今朝热土魅独具，

胜景姿旎天泽厚。

远近无距咫尺间，

四溟游潮涌不休。

2014年7月3日于北京西三旗

痛悉"威马逊"狂袭文昌

威风烈马何有逊,

狂飚夷地扫田畛。

风雨肆虐成泽国,

电断水停路瘫运。

房塌树折遍狼藉,

鳞禽果蔬影无讯。

天颜何顾世冷暖,

国救民济知情深。

2014年7月21日于北京西三旗

劫后新生·"威马逊"灾后重建

飙风狰狞挟血腥，

霸道残忍屠无情。

断瓦颓垣撕家园，

瞬戮遭难遗民痛。

胜魔神志难撼动，

抹泪昂首坚毅行。

国民浓情医疮痍，

新村新貌新世风。

2014年11月15日于北京西三旗

沙滩景趣

浪吻沙滩足迹平，

久履回首未远行。

枝笔疾书抒情怀，

铺刷新页题诗铭。

赤童刨坑筑城堡，

瞬涤壑满垣无踪。

银沙不毛长硕蘑①，

荫下坐卧观沧瀛。

2014年8月2日于北京西三旗

---

① 硕蘑，指沙滩形貌酷似大蘑菇状的休憩亭，俗称发呆亭。

清澜港偶遇 "琼沙3号"

椰林穿后清澜港，

"环球码头"名声响。

蓦见靓艒倚坞憩，

央屏谋面今识相。

近观留影念三沙，

国意民愿满舲艎。

骇浪惊涛何所惧，

众志同道固海疆。

2014年8月3日于北京西三旗

清澜码头海鲜市场询情趣事

阿婆交流语不通，

询情摇头"我不懂"。

少妇语通意难达，

所问非答方言称。

鳞介①众品貌殊异，

海界斓色目盈惊。

莫怪语障冠名乱，

因己知少见识穷。

2014年8月3日于北京西三旗

---

① 鳞介：水族的统称。杜甫《白凫行》："鳞介腥膻素不食，终日忍饥西复东。"

逛古玩市场

自古盛世赏古玩，

魅生情趣妙自言。

玩藏历究珍奇稀，

鉴真识伪业精专。

购者懵懂任卖侃，

藏家自赏互品鉴。

新旧真赝良莠掺，

行海无涯学为先。

珍木石贝菩提玉，

字画雕篆笔墨砚。

把玩收藏各有思，

爆炒海黄久旺燃。

2014年8月4日于北京西三旗

南溟冬天

青峦苍莽平林瀚，

氤氲润泽气清鲜。

椰摇娑舞羽翮①欢，

草木芊绵飞花妍。

碧海逐浪泛笑颜，

逸境无虑颐天年。

此地冰雪无觅处，

日历严冬斯春天。

2014年10月14日凌晨2点半于西三旗

---

① 羽翮，此处指鸟类。

品海享韵

层涛汩起天际涌，

骇浪逸势覆瀚瀛。

崩山劈岩哮潲潭，

遄飞玑珠扬潮鸣。

周始不疲天给力，

广袤渊秘宙驱行。

观澜无思审美倦，

品海享韵魅无穷。

2014年11月16日深夜于北京西三旗

习诗路

濛雨微茫连日缠，

无耐寻事自消谴。

静思片纸试笔墨，

挚情感怀凝毫端。

闷头自娱无他问，

路蹒呵成数百篇。

待到闲暇索味时，

方思琢究拙稿年。

2014年11月23日于北京西三旗

候奔南溟

初冬风过霾尽洗，

西山雨霁廓清迤。

楼林洒辉弘澹靓，

久违烁星逗吾嬉。

憾庭树裸草枯萎，

落叶旋飞乱思绪。

厉风雪覆期将至，

筹奔南溟望春时。

2014年11月30日晚于北京西三旗

马去羊来过大年

骏马潇洒奔腾去，

喜羊乘兴踏春来。

琼岛终年不乏绿，

节庆应时寄抒怀。

椰风曳秀生紫烟，

沃田绵邈溢天籁。

犁波耕浪营南溟，

送涛迎澜企开泰。

2015年2月19日（农历羊年初一）上午于文昌高隆湾

海南缺憾

珠崖无冬秋半天，

羽类迁徙少北雁。

珍木异草占春先，

惜缺漫雪乏斑斓。

赤足薄衣度四季，

青山翠畴贯满年。

天下何处无瑕翳，

候居取长互补憾。

2015年1月17日于文昌天海紫贝

觅宜

逃霾觅洁到天边，

躲寒取暖奔海南。

避喧寻谧居桃源，

行山踏水践月湾。

羽迁人徙皆求宜，

天泽海润适生缘。

顾红眷绿乐未央，

采霞撷韵揉诗篇。

2015年1月19日于文昌天海紫贝

观澜悟境

有云观澜审疲症，

吾荐品韵悟意境。

狂澜萦纡耍任性，

海晏漪涣怀柔情。

迎头笑霁送颂捧，

波金涛银铺锦程。

澹雅飚烈容乃大，

静进逆搏利势行。

2015年1月21日于文昌天海紫贝

悟海

潮起汐落循节律，

驱动恒劲彰活力。

飚涛激越涤浊物，

脱羁奔放显魄势。

浪峰波谷涵浚哲，

邃奥若虚蕴神秘。

恬静柔澹展雍容，

百川汇融铸大器。

2015年1月27日于文昌天海紫贝

海之力

急澜遇阻崛浪翻，

身趋鲸跃逾头前。

溯流汇势续后浪，

层涛韵律逸响绵。

傲风嬉澜潮头笑，

驾涛驱浪霁花欢。

巨浸潇漾馈长风，

瀛远借力扬云帆。

2015年2月5日于文昌天海紫贝

尽享湾岸

妙笔绘铸舶风情，

树影花飞萦径行。

琼池亭廊长轴画，

回眸转身瞠目惊。

穹柔云祥伴悠然，

碧海浩淼醉涛声。

千帆迎旭逸闲适，

褪快归慢恬从容。

2015年2月15日于文昌天海紫贝

沙滩月夜

海上皓月悬孤轮，

碧空无语寻逐云。

长河星烁穹顶远，

天揉水色底清纯。

瀚海粼波生净气，

夜谧沙歌聆涛韵。

无纤润风海上来，

伫岸深吸第一人。

2015年2月26日于文昌天海紫贝

观海随想 · 海阔胸宽

望海穷目天幕远，

移前万里亦依然。

胸宽恬淡达四海，

澹怀涵容聚百川。

慈笃酝藉无欲忧，

溟瀛潢漾行万船。

何必凡事占鳌头，

大梦脚实路致远。

2015年3月26日于文昌天海紫贝

水澹生烟云青雨

风移云游，天空如画，遇冷空气，化云为雨，行洒大地。

雨后天晴，霞晖洒金，山青水秀，郁郁葱葱。

水澹生烟空云絮，

山重起雾峰岚栖。

云青腾翻待鸣雷，

风移云游行播雨。

驻浮①来去天晦明，

雾色目清山葱郁。

人生不无相似处，

风雨云烟阴晴齐。

2015年4月5日于文昌天海紫贝

① 驻浮：指云雾的静动状态。

离陆孤漂

雷琼断陷悬孤岛，

熊迹虎杳①鉴史邈。

五指鹦哥央隆耸，

环层低坦周灏漾。

心动壳变海龟貌，

幸得南溟奇甸娇。

唐虞荒徼②秦遥域，

汉纳中华到今朝。

2015年5月16日于北京西三旗

---

① 熊迹虎杳，意为海南有熊无虎，据此鉴判其形成的史代。

② 徼：边界。

先黎诸随

先黎登岛入山野，

前掩后挡草寮遮。

舂米采果晒稻谷，

纹面捉鱼弓狩猎。

汉人屡迁怀文技①，

苗回诸族循踪辙。

世外无忧天厚赐，

生灵万物众谐惬。

2015年5月17日于北京西三旗

---

① 文技，意指汉人迁入带来了先进的人文理念与农耕技术。

祖宗海

航海天书《更路薄》①，

自古瀚弛田埂末。

波涛有路行闲庭，

渔火万盏唱晚歌。

海田牧鱼长沙②驻，

船屋耕蓝③石塘④泊。

神庙祖祠后必拜，

域属史实谁人说！

2015年5月21日于北京西三旗

---

① 《更路薄》，是我国古代沿海渔民航海时用来记录时间和里程的书。更，
古代汉语中的时间单位。

② 长沙，古代有"千里长沙"之说，指西沙群岛。

③ 耕蓝：耕为经营管理，蓝为大海，意为经营管理南海。

④ 石塘，古代"万里石塘"是指南沙群岛。

贬谪生景

始误琼崖荒蛮远，

贬罚谪放海之南。

相臣将豪判余生，

历朝史话殊景观。

改习移俗淫熏染，

崇教尚礼风蔚然。

名贤逸才誉神州，

海隅邹鲁①绽新篇。

2015年5月24日晨于北京西三旗

① 邹鲁：春秋战国时期的鲁国和邹国，分别是孔子和孟子的故乡。后人用来代指文化礼仪发达的地区。

疍家人

漂徒牧渔栖澄湾，

水生舟家海为田。

搏风斗浪心"棹忌"[①]，

讨海耕涛命在天。

浮根弱脉殊习延，

迨及世迁遗韵淡。

破境择岸应时进，

移俗驾潮途安澜。

2015年5月26日晨于北京西三旗

---

① "棹忌"，是疍家人许多禁忌的统称。

天赐独厚

心安适境山海间，

天赐独厚食物链。

果蔬初撷原滋味，

山珍海错①最字鲜。

琼汤玉粉宜馐膳，

活禽嫩肉白切蘸。

公期②共聚佳肴媒，

祭祖凝心祈明天。

2015年5月28日于北京西三旗

① 海错：海味品种多得难以记清。或，品种多得容易弄错。
② 公期，海南的一种地方文化习俗，又叫军坡。

香岛奇绝·沉香

百苦千难万锤练，

榛莽沉香殊绝冠。

天匠聚结获灵根，

金坚龙筋得涅槃。

缕袅萦绕心慰藉，

馀馥索魂境超然。

篆烟①清远隐精灵，

悠缅恒承续香缘。

2015年5月19日于北京西三旗

---

① 篆烟：盘香的烟缕。

海南花梨

殊境铸极材，花梨海南家。

结心修百年，万木荐奇葩。

质坚久不腐，玉身美贵雅。

肌润弥幽香，褶纹飘逸婳①。

肤触灌髓骨，目赏镂心花。

品性蕴华魂，古今誉天下。

2015年5月23日于北京西三旗

---

① 逸婳，意为图案娴静美丽而飘逸。

天堂岛

南溟瀚灏镶琼瑶，

奇甸旖旎天堂岛。

光沛气新椰风吟，

山黛川翠碧浪谣。

农月稼穑暇景乐，

土风淳朴馨香飘。

机世①嚣薄僻壤远，

澹然晏居恰逍遥。

2015年5月19日于北京西三旗

---

① 机世：尘世。

霾愁

霾雾犹魔吞日月，

久扰午曛隐京城。

头纱面罩捂鼻息，

校停企休诚民行。

醉朦幻暝疑眼疾，

缥缈楼幔视蜃景。

普天异域厉天壤，

天偏人孽责谁承？

2015年12月8日 于北京

悔晚

深恋秋色醉思迟，

叶沉季逝滞目凄。

骤冷早寒阴霾淫，

醒来已至雪雨期。

雁去寻踪悔时晚，

循讯远觅择地栖。

幸得南溟北国春，

落地天涯①正可意。

2015年12月10日于文昌天海紫贝

---

① 落地天涯：意为乘飞机落地海南。

椰子树

根植银滩姿妙曼，

净干凤尾翘蓝天。

叶曳舒卷靓女发，

躯挺韧拔帅美男。

孤耸招风仙姿翩，

群林共舞碧浪澜。

鹭翔渔帆瀚炳缈，

椰风海韵在海南。

2015年12月15日于文昌天海紫贝

椰子

独茎扶摇凌霄汉，

自生成荫群秀天。

仰见悬缀堆瓠壶①，

婆娑叶腋孵磊卵。

坚缴黄熟脱尘生，

壳缱穰玉液冽甘。

阿婆舞刀技精准，

秒计②请君尝椰鲜。

2016年2月19日于文昌天海紫贝

---

① 瓠壶：一种盛液体的大腹容器。

② 秒计：意为砍椰速度很快（形容）。

菠萝蜜

硕瘤磊赘附躯干，

孤挂群垒斑缀悬。

形貌椭球体不均，

蛙肤毛绒悭^①涩眼。

干脆湿黏瓣肉甜，

鲜食果脯入琼筵。

用前盐浸防染疾，

进药医病益康健。

2016年2月22日于文昌天海紫贝

---

① 悭：吝啬。

榴莲

坚皮硬刺色土黄，

圆椭无规球体量。

内包玉粒藏赤核，

外弥恶臭匿甜香。

形味奇特肉细腻，

质感回肠水果王。

龟壳猾貌掩珍馐，

寡亲众避误真相。

2016年2月28日于文昌天海紫贝

巨榕下

巨榕参貌多寿年，

濛雨蓬寮晴荫伞。

浮根蜓蜿雕龙案，

缠身固躯图腾磐。

枝根柱杖扶空碧，

髯鬈须苒拂风翩。

椅摇床晃品茗侃，

棋弈牌飞搓麻酣。

鸡悠狗戏猫蹿攀，

童嬉婆乐翁适闲。

2015年12月17日于文昌天海紫贝

红豆（观红豆树随赋）

倚窗凝空迢思忧，

残月云缕近送愁。

忆生情丝心牵磨，

眉梢戚颜情最稠。

梦甜醒苦夜惆怅，

久别长悯鬓霜秋。

自古多情寄红豆，

托思无尽盼有头。

2016年1月13日于文昌

春庭夜雨

楼前亭台溪潺潺，

池澈鱼逐蛙绵喧。

棕伟榕茂晴雨伞，

椰曳槟秀绿茵毯。

霡霂默着弹玑珠，

堕叶音脆落玉盘。

谧夜琴律催眠曲，

侧枕芭蕉梦乡甜。

2015年12月19日于文昌天海紫贝

三角梅盆景

屈曲龙鳞干，短枝错落彰。

物相本自然，剪盘折修绑。

花簇缀竞妍，姿貌逸奇飏。

置其得意处，聚众慕品赏。

2015年12月21日观赏天海紫贝对面花卉园遂赋

海南冬貌

蝉鸣隙歇若盛夏，

蛙声不闲犹伏天。

裸童戏水筑沙堡，

靓女披纱展裙艳。

筝板弄风戏鲸波，

游艇驰蓝逝孤帆。

泊风异情莳①境宜，

惊目眷顾足不前。

2015年12月23日于文昌天海紫贝

① 莳：移植。

读《三国演义》开篇词感赋

青山苍颜唯雍容，

世事烟云变无穷。

夕阳撷霞时依旧，

春风秋月永续庚。

机世利场浮竞路，

流光长往梦空行。

笑谈游云江水逝，

阅史觅谛循英雄。

2016年1月30日凌晨于文昌天海紫贝

守真惜愿

山高水深怎比攀，

风逸云游难仿圆。

守真惜愿循纯挚，

依心践行生无憾。

2016年2月2日于文昌天海紫贝

默语清欢

心净防污弃浮幻，

不争无忧求静然。

霞烟碌尘葬余晖，

默语禅心享清欢。

2016年2月3日于文昌天海紫贝

立春

孟春伊始律回报，

风吹雨润草木晓。

"三候"①蛰类梦初醒，

万物翘首换新袍。

时令琼岛偏向早，

全候舒郁宜禾苗。

地袤一则难涵括，

议事猷长同今朝②。

2016年2月4日（立春）于文昌天海紫贝

---

① "三候"，一候东风解冻，二候蜇虫始振，三候鱼陟负水。

② 议事猷长同今朝：此意符合此则，猷，谋也，长，远也，自古至今，不分地域，皆同为一年之计在于春也。

除夕怀梦

世换时移惊荏苒，

月穷岁尽暗度换。

通宵庆恋新旧迭，

爆竹酣烈天下欢。

长河逝水无踪痕，

青丝持志催鬓斑。

境异身殊梦同愿，

夏盛秋实迎春妍。

2016年2月7日（除夕夜）于文昌天海紫贝

翁婆过年

故岁新年五更换，

鬓秋淡奢逐春愿。

笑看孩童忘情耍，

风和浪柔戏海滩。

翁婆倚望步蹒跚，

心企身康忘暮年。

似有遁空了尘意，

心净①方静得安然。

2016年2月9日（正月初二）于文昌高隆湾

---

① 心净：内心清净，安宁。

鬓霜初悟

人生入世踏尘门，

渊深苦度难脱身。

境源明知自作茧，

思得虑失困心魂。

春秋历事磨锐气，

心灵归息视浮云。

抛誉解结时未晚，

鬓霜初悟寻本真。

2016年2月10日（猴年初三）于文昌天海紫贝

雾海悟

瀚烟吞天色，雾海不晓澜。

澹恬心自静，胸博容百川。

2016年2月15日于文昌高隆湾

琼岛初春

翠色始终年，溟沐润禾田。

寒意近无临，常客燕呢喃。

万物无蛰伏，蛙弦四季喧。

尽眼椰风畅，何处寻柳烟？

2016年2月17日于文昌天海紫贝

雨水

天地乾坤气相交，

濛雨烟纱问春早。

寒褪阳始祭"三候"①，

异域气象别样貌。

南国终年娇翠色，

江淮花妍蝶蜂绕。

中原柳青桑麻忙，

北疆冰封雪雨飘。

2016年2月19日（雨水）于文昌天海紫贝

① "三候"，一候獭祭鱼；二候鸿雁北；三候草木萌动。

椰林深处有人家

陌路入林幽僻邃，

隙光昏微横草肥。

飞花暗香诱君行，

隐匿深处仙逸村。

闻语不见声来处，

愕视茶寮品茗人。

风弄椰影弥悠曲，

颜悦情逸最销魂。

恍悉世外有桃源，

哪晓今朝见为真。

2016年2月20日于文昌天海紫贝

春雨催梦醒

春雨催梦步轻盈，

烟雾抽丝吐迷蒙①。

柔婉润泽情绵浓，

徧地众萌蛰虫醒。

2016年2月22日（正月十五）于文昌天海紫贝

---

① 迷蒙：迷茫。

沐清风

世风浑噩情薄远，

权钱驱魂味蜕变。

清风寄心落禅境，

旅历顿悟彻释然。

恬淡自在忘物我，

尘缘云梦守清欢。

扩澹静虚自潇逸，

闲悠赋墨伴流年。

2016年2月25日于文昌天海紫贝

二月二

龙抬头日春眷寒，

凉气揉云化雾岚。

万缕情丝藏氤氲，

冷热相拥泪拂面。

霏微滴沥润无语，

花妍植翠醉蒙烟。

琼崖无雪雨作别，

相送徘徊恋缱绻。

2016年3月10日（农历二月二，龙抬头）于文昌

心有桃源

独享天惠域有缘，

澹恬雅逸悟妙曼。

居岛翠微四季色，

面海花拥自悦然。

离烦别燥寄山水，

抛忧弃愁逐云淡。

清风拂尘留希冀，

性静情逸有桃源。

2016年3月19日于文昌天海紫贝

自悦有忌

清风丽日临湫泓，

岸椰摇曳舞倒影。

羽鳞逐翔竞欢畅，

云絮幻游入镜行。

狂嚚飞石破幽境，

惊恐择路瞬遁空。

缘何自悦为无忌，

梼昧妄行尚自省。

2016年3月21日于文昌

习诗忆始

绵雨锁屋面孤窗，

简笔排遣录居乡。

哪顾平仄对仗韵，

何谈婉约寓意藏。

搜肠冥思终"得句"，

三日数易喜"成章"。

勤耕有获催欲望，

老骥自奋试拓荒。

2015年6月23日于北京

海南逸赋

岑岭靡迤蹑峰巅，

飞练落壑涉素湍。

平林翁郁穿村墟，

膏壤蔬芊步曲阡。

碧泓薮泽坐垂纶，

羽族骞腾观寥天。

惠风润雨滋心神，

幽胜晏居养颐年。

2016年4月15日于文昌天海紫贝

春光流年

谧夜霢霂催青阳，

风拂花绽送暗香。

年年素李断寒烟，

岁岁夭桃笑春漾。

眸凝景致生怡情，

拥留春风赏菲芳。

守望依旧心如初，

相挽流年醉春光。

2016年3月6日 于文昌

初春

身在海南，忆述北春，是否返京，思虑惆怅。

眠冬蛰伏风过岗，

万木蓄锐待雷响。

唯存伏草渐萌生，

煦风春昶地新妆。

草色嫩绿柳鹅黄，

红桃闹春素李香。

风吹丝雨花历乱，

乍暖还寒心惆帐。

2016年3月28日于文昌

缘

人海茫遇惜机缘，

长短深浅存心间。

随性品味莫强求，

淡真缓处忌欲念。

天涯无语情挂牵，

风雨心知仍初见。

道谋灵犀益增谊，

诚善至交路致远。

2016年4月25日于文昌

智水逸吟

高云遁逸时絮悠，

低聚江河百川流。

郁云逍凝天河倾，

浩势涤荡雷渒吼。

云舞雨吟雪抒情，

凝刚涓柔适境就^①。

泽物无求行至善，

玄德绎智自悟修。

2016年5月27日于北京西三旗

---

① 就，水随境就形，意为适应环境变化，随遇而安。

长征向天行

—— 贺文昌卫星发射中心首发长征七号成功

滨海碧涛耸峭帆，

笑傲苍穹凌霄汉。

与浪共舞起鲸波，

云卷龙腾冲九天。

海啸山呼慑鬼魅，

驰骋星河震瀛寰。

长七问天试剑锋，

指日奇迹继钟展。

2016年6月25日晚于北京西三旗

荔枝

春花夏果荔枝丹，

累簇绛雪欲燃天。

球壳鳞衣裹凝脂，

玉肤莹肌嚼香甘。

"离支"①宿败色褪变，

驿骑驰贡几日啖？

贵妃口福在当世，

天涯佳荔即身边。

2016年11月10日于文昌

---

① "离支"，割去枝丫之意。名字由来，最早关于荔枝的文献是西汉司马相如《上林赋》。大约从东汉开始，将"离支"写成"荔枝"。

冬至在海南

冬至数九读寒天，

冰封物寂生机关。

夜短昼长日影长，

阴极阳生始循环。

兹居天涯境迥然，

近亲碧野望黛山。

花果溢馨彩蝶舞，

靓女裙艳披纱翩。

2016年12月21日（冬至）于文昌

清水湾新居 · 前瞻恋

朝波泛银花，暮涛涌金澜。

楼墅序错落，港湾隐舟帆。

夜幕观星宸，昼晴望蔚蓝。

习风嬉椰舞，馀霞恋海天。

2017年1月8日晨于清水湾蔚蓝星宸

清水湾新居·后观醉

悦鸟催梦醒，推窗见青山。

雨霁冉岚雾，视袭入蓝天。

蔬园数笠^①移，塘薮^②群鹭翩。

坡野牧悠牛，绿浪醉禾田。

2017年1月8日晨于清水湾蔚蓝星宸

---

① 笠：代指菜民。

② 塘薮：生长着很多草的湖泽。

清水湾初见

魅力不彰韵自显，

久居其境永初见。

天成匠琢铸一城，

山海田园拥一湾。

踏沙聆涛望蔚蓝，

行林阅胜见洞天。

窈窅静雅神仙域，

意境臻美天庭筵。

2017年1月24日于清水湾

岁除骑行椰林望海

椰影门前映春联，

云锦风和度新年。

单骑过巷穿椰林，

岁除众忙茶寮闲。

斜阳银波无瀚烟，

落霞渐撷彩墨染。

舟船帆劲幡旆扬，

急切归港鸡日①前。

2017年1月27日下午（猴年岁末大年卅，鸡年来临之前）于文昌高隆
湾南海村

---

① 鸡日：农历正月初一，此指赶在大年除夕之前回家过年。

清水湾绿城·首触高尔夫球

海埂①滩唇衔绿毯，

果岭曲坡嵌沙斑。

清溪碧泓坠高云，

域旷雅儋赢花园。

上层国度迹清寥，

弧球飞落竞挥杆。

新贵奢享高尔夫，

常人噬脐叹闲钱。

2017年3月11日于清水湾

---

① 埂：水边的空地或田地。

海湾觅异

海湾原貌无殊异，

楼墅姿韵媲隆奇。

宾墀①冠称②拼名头③，

巍厦丽堂竞华池。

水清波碧比天色，

沙绵粒洁寻礁石。

域位有别气象迥，

候鸟择栖适生宜。

2017年3月24日于清水湾

---

① 宾墀：宾阶，借指宾馆。

② 冠称：指酒店名称或品牌。

③ 名头：指名声或由头。

窗前即兴·牛鹭睦处

牧牛悠悠踱，群鹭翩翩来。

杂沓咫尺处，草食各觅采。

肤异体态殊，谐美境解泰。

田园点睛色，闲赏心悦恺。

2017年4月7日于清水湾

游艇出海

游艇启航扬云帆，

俏丽轻盈弛蔚蓝。

尾拖银波续演漾，

追涛逐浪穿瀚烟。

诠释财富论气度，

尊享臻品竞高端。

任性豪游尽奢华，

众星眩目月夜观。

2017年4月16日 于清水湾